Great Wisdom in Little Jokes

小笑话
大智慧

《故事会》编辑部 编

上海文艺出版社　上海故事会文化传媒有限公司

图书在版编目（CIP）数据

　　小笑话　大智慧：机智笑话 /《故事会》编辑部编
. —— 上海：上海文艺出版社，2022
　　ISBN 978-7-5321-8495-8

　　Ⅰ . ①小… Ⅱ . ①故… Ⅲ . ①笑话-作品集-世界
Ⅳ . ① I17

　　中国版本图书馆 CIP 数据核字（2022）第 169687 号

小笑话　大智慧：机智笑话

著　　者：《故事会》编辑部编

主　　编：夏一鸣

副 主 编：高　健

编辑成员：蔡美凤　胡捷　吴艳　杨怡君

责任编辑：胡　捷

装帧设计：周艳梅

图文制作：费红莲

责任督印：张　凯

出　　版：上海文艺出版社

出　　品：上海故事会文化传媒有限公司

　　　　　（201101 上海市闵行区号景路159弄A座3楼　www.storychina.cn）

发　　行：北京中版国际教育技术装备有限公司

印　　刷：天津旭丰源印刷有限公司

开　　本：787毫米x1092毫米　1/32　印张4

版　　次：2022年10月第1版　2022年10月第1次印刷

I S B N：978-7-5321-8495-8/I.6703

定　　价：22.00元

上海故事会文化传媒有限公司　出品（00090）

想看更多精彩故事？
扫码下载故事会APP

是它,让平淡的生活多了一种味道

美国的一家咨询机构曾经做过一次别出心裁的调查:"你身边什么样的人最受欢迎?"本以为对于这个问题的回答定会丰富多彩、千奇百怪,统计结果却出现了惊人的一致性:懂得幽默、富有幽默感的人是最受欢迎的。人们都喜欢与幽默的人一起工作、共同生活,幽默成了智慧、魅力、风度、修养等高贵品质的代名词。

对于幽默的内涵,一位博友曾有过非常精辟的描述:所谓幽默是智者在洞悉人情冷暖之后,传达出的一种认识独特、角度别致、形式上喜闻乐见的信息,从而引起众人会心一笑的过程。可见,幽默是一种乐观的人生态度、机智的思维方式、轻松的心态和宽容的胸怀。

　　一位外国作家曾经提及这样一个故事：如果人群中有一个危险分子，而你不知道他是谁，那么请你讲一个笑话，有正常反应及有幽默感的人大体是好人。可见幽默已经成为衡量人生的重要标准。只有欣赏幽默的人，才能细细品味多彩的生活，悉心感受美丽的人生。

　　幽默的力量还可以化解生活中的尴尬场面，使人轻松摆脱不快的情绪，更好地树立形象，增加人格魅力和亲和力。一次，美国总统林肯与一位朋友边走边交谈，当他们走至回廊时，一队等候总统检阅的士兵齐声欢呼起来，但那位朋友并没有及时离开，军官不得不走上前来提醒，这位朋友因为自己的失礼涨红了脸，但林肯立即微笑着对他的朋友说："先生，你要知道也许他们还分辨不清谁是总统呢！"总统这样一句简单的话语，就完全消除了朋友的不安，很快缓和了当时的氛围。

　　幽默虽不能决定人们的衣食住行，但已经成为生活中必要的调味品和润滑剂。它可以使人们和周围的环境更融洽，让人们始终保持轻松愉快的心情，让平凡的生活充满欢笑。

因此作家王蒙才会如此迷恋幽默,他说:"我喜欢幽默。我希望多一点幽默。从容才能幽默,平等待人才能幽默,超脱才能幽默,游刃有余才能幽默,聪明透彻才能幽默。"幽默倡导了一种全新的快乐理念和生活风尚。

《故事会》杂志多年来一直为广大读者奉献最为精彩的小幽默小笑话,其中所包含的机智的风格、幽默的情趣和达观的态度长久以来影响与感染了一批又一批读者。我们的编辑从这个幽默宝库中,经过前期的选题策划、中期的分类归总、后期的修改雕琢,精挑细选出了上千个笑话精品,于是才产生了这套极具特色的作品集。可以说这套笑话丛书是当之无愧的幽默精品,它凝聚了《故事会》编辑部的所有编辑的智慧与辛劳。

此套丛书以笑话为载体,讲述了人生百态,幽默诙谐,令你忍俊不禁,让读者在轻松幽默的氛围中品味人生、领悟真理。该丛书最大的亮点在于强化了色彩元素,12本书按照内容的定位,每本都有自己的色调。

　　懂生活才懂幽默,懂幽默才能更好地品味生活。希望这套笑话丛书能够带给广大读者一种全新的幽默体验,营造一种特别的幽默氛围,唤醒我们的幽默潜能,自娱自乐自赏自识,快慰从容地去品味幽默,享受生活。

编者

2022 年 7 月

1 仅判一星期 ……… 1
2 互相提问 ……… 1
3 最好的答卷 ……… 2
4 分番茄 ……… 2
5 急中生智 ……… 3
6 遵守诺言 ……… 3
7 在哪里 ……… 3
8 和鱼交谈 ……… 4
9 两全其美 ……… 4
10 棋逢对手 ……… 5
11 投标 ……… 5
12 因时而异 ……… 6
13 环境所致 ……… 6
14 别强调 ……… 6
15 颜色 ……… 7
16 减肥良方 ……… 7
17 学生月票 ……… 7
18 三分之二 ……… 8
19 敲西瓜 ……… 8
20 两种看法 ……… 8

21 买肉 ……… 9
22 警犬 ……… 9
23 失算 ……… 9
24 敲栏杆 ……… 10
25 真假难辨 ……… 10
26 生意经 ……… 11
27 爱唠叨 ……… 11
28 相对论 ……… 12
29 零几个月 ……… 12
30 波士顿的女人 ……… 12
31 偷不走的东西 ……… 13
32 凑份儿 ……… 13
33 一无所缺 ……… 14
34 配对 ……… 14
35 诺贝尔奖 ……… 14
36 船模 ……… 15
37 终于说实话了 ……… 15
38 最大面积 ……… 15
39 后车追尾 ……… 16
40 机智的报幕员 ……… 16

41 邻居 ……………… 17

42 各要一个 ………… 17

43 解铃还须系铃人 …… 18

44 白痴 ……………… 18

45 夸儿子 …………… 18

46 风雪之夜 ………… 19

47 同情 ……………… 19

48 漫长的付款期 …… 19

49 最喜爱的歌曲 …… 19

50 等你一上午 ……… 20

51 问题 ……………… 20

52 单行道 …………… 21

53 第二好的西瓜 …… 21

54 真名 ……………… 21

55 最佳时机 ………… 22

56 诱惑 ……………… 22

57 及时提醒 ………… 23

58 最高境界 ………… 23

59 感觉不错 ………… 24

60 多销的秘诀 ……… 24

61 超速行驶 ………… 24

62 最出色的演员 …… 25

63 忠告 ……………… 25

64 决不后退 ………… 26

65 女孩开车 ………… 26

66 悼词 ……………… 26

67 打错电话 ………… 27

68 语言技巧 ………… 27

69 三天上天 ………… 27

70 裤子的作用 ……… 28

71 误会 ……………… 28

72 证明 ……………… 29

73 随机应变 ………… 29

74 如何感谢 ………… 29

75 感觉不错 ………… 30

76 以毒攻毒 ………… 30

77 求医 ……………… 30

78 你在说 …………… 31

79 调整思路 ………… 31

80 有事发报 ………… 32

81 奥妙 ……………… 32

82 并非求爱者 ……… 32

83 看不见 …………… 33

84 长得太快 ………… 33

85 巧借 ……………… 34

86 "节省"夫妻 ……… 34

87 不外流 …………… 34

88 妙答 ……………… 35

89 怎么办 …………… 35

90 如何收拾 ………… 35

91 闲不住的嘴 ·········· 35

92 补救办法 ········· 36

93 如果 ········· 36

94 选择 ·········· 37

95 往哪拍 ·········· 37

96 角色转换 ········· 38

97 评论 ·········· 38

98 谁买的电影票 ·········· 38

99 装病的秘密 ········· 39

100 口红的用意 ········· 39

101 不必买纽扣 ········· 40

102 一样的嗜好 ········· 40

103 账单 ·········· 40

104 早餐与食欲 ·········· 41

105 高级谎言 ·········· 41

106 拐弯抹角 ········· 42

107 空喜一场 ········· 42

108 女人之谋 ········· 42

109 鸡瘟 ·········· 43

110 随手扔掉 ········· 43

111 比富 ·········· 44

112 照顾自己 ········· 44

113 反应 ·········· 44

114 碰酒杯 ·········· 45

115 人生之路 ·········· 45

116 车厢里 ·········· 46

117 带来的三明治 ········· 46

118 巧辩 ·········· 46

119 驾驶执照 ·········· 47

120 机智脱险 ········· 47

121 婉言制止 ·········· 48

122 牛肉面 ·········· 48

123 硬碰硬 ·········· 48

124 无能为力 ·········· 49

125 试试就试试 ········· 49

126 十全十美 ·········· 49

127 厨子和警察 ········· 50

128 往后倒一点 ········· 50

129 过期房租 ·········· 51

130 洗衣店 ·········· 51

131 报丧 …………………… 51
132 同中存异 …………… 52
133 放心 …………………… 52
134 真遗憾 ………………… 53
135 时代变化 ……………… 53
136 识时务 ………………… 54
137 妙论 …………………… 54
138 文明 …………………… 55
139 少了两公斤 …………… 55
140 结婚 …………………… 55
141 据理力争 ……………… 55
142 不同的回答 …………… 56
143 和好一半 ……………… 56
144 买布 …………………… 57
145 正面形象 ……………… 57
146 半真半假 ……………… 57
147 酒是啥 ………………… 58
148 洞察力 ………………… 58
149 宽敞之处 ……………… 59
150 聪明女佣 ……………… 59
151 捧人有方 ……………… 59
152 妙解 …………………… 60
153 禁止钓鱼 ……………… 60
154 报复 …………………… 61
155 推选女总统 …………… 61

156 光棍和无赖 …………… 61
157 测智商 ………………… 62
158 女人搭车 ……………… 62
159 一堆人 ………………… 63
160 上帝造人 ……………… 63
161 真正的真理 …………… 63
162 聊天 …………………… 64
163 合理收费 ……………… 64
164 这个发难理 …………… 64
165 飞行员的妻子 ………… 65
166 一场决斗 ……………… 65
167 垃圾 …………………… 66
168 转会 …………………… 66
169 请太太阅兵 …………… 66
170 死因 …………………… 67
171 还钱 …………………… 67
172 百发百中 ……………… 68
173 将计就计 ……………… 68
174 绝妙的回答 …………… 68
175 对象不同 ……………… 69
176 妙口生花 ……………… 70
177 女演员 ………………… 70
178 警察与罪犯 …………… 70
179 祈祷 …………………… 71
180 不当海军 ……………… 71

181 闹饥荒的原因 ……… 72

182 伪善 ……………… 72

183 观点相同 ………… 72

184 算命 ……………… 73

185 情况紧急 ………… 73

186 谁长得丑 ………… 74

187 节约 ……………… 74

188 什么是新闻 ……… 74

189 大场面 …………… 75

190 回家 ……………… 75

191 有口难开 ………… 75

192 我马上到 ………… 76

193 过马路 …………… 76

194 名列第三 ………… 76

195 梦话 ……………… 77

196 起名儿 …………… 77

197 更有面子 ………… 77

198 恪守誓言 ………… 78

199 几点了 …………… 78

200 西瓜和葡萄 ……… 79

201 包子皮厚 ………… 79

202 清场 ……………… 79

203 妙计 ……………… 80

204 该怎么办 ………… 80

205 饶舌的小说家 …… 80

206 考验意志力 ……… 81

207 买鱼 ……………… 81

208 围魏救赵 ………… 82

209 记忆深刻 ………… 82

210 减肥有术 ………… 82

211 即时翻译 ………… 83

212 办法 ……………… 84

213 还治其身 ………… 84

214 匿名情书 ………… 84

215 辞令 ……………… 85

216 结婚很久 ………… 85

217 辨鸡 ……………… 85

218 比不上 …………… 86

219 不放在眼里 ……… 86

220 以牙还牙 ………… 86

221	广告效应 ············ 87	246	没用过一次 ········ 96
222	笨鸟 ·············· 87	247	不公平 ············ 97
223	形影相随 ·········· 88	248	最好的证据 ········ 97
224	爱的程度 ·········· 88	249	我们不交 ·········· 98
225	找翻译 ············ 88	250	心理攻势 ·········· 98
226	妙语 ·············· 89	251	礼物 ·············· 98
227	道歉 ·············· 89	252	换位 ·············· 99
228	验方 ·············· 90	253	男女有别 ·········· 99
229	爱的薪水 ·········· 90	254	个性刷车 ·········· 99
230	天衣无缝 ·········· 91	255	赶时间 ············ 100
231	应变 ·············· 91	256	小计谋 ············ 100
232	张力 ·············· 91	257	我爸爸是谁 ········ 100
233	免费地图 ·········· 92	258	什么快 ············ 101
234	剧本 ·············· 92	259	找裁判 ············ 101
235	丈夫的眼泪 ········ 92	260	巧妙应答 ·········· 101
236	区别 ·············· 93	261	聪明的和尚 ········ 102
237	控制不了 ·········· 93	262	泥水匠部长 ········ 102
238	腰带理论 ·········· 93	263	养牛 ·············· 103
239	眯缝眼 ············ 94	264	真不简单 ·········· 103
240	不可得罪 ·········· 94	265	两个笨仆人 ········ 104
241	有何不同 ·········· 95	266	反击 ·············· 104
242	踩脚 ·············· 95	267	维纳斯和宙斯 ······ 105
243	公转一圈 ·········· 95	268	勇敢与谨慎 ········ 105
244	临别赠言 ·········· 96	269	身材很美 ·········· 106
245	举例说明 ·········· 96	270	特殊情况 ·········· 106

271 催款 ………… 106

272 机长的告白 ……… 107

273 我是灯塔 ……… 107

274 大智若愚 ……… 108

275 随机应变 ……… 108

276 天蓬元帅 ……… 109

277 因为是猴年 ……… 109

278 妙联鞭赃官 ……… 109

279 间接作用 ………… 110

280 作弊 ………… 111

281 互换一下 ……… 111

282 中奖以后 ……… 111

283 最棒的啤酒 ……… 112

284 妙手神探 ………… 112

285 不同的脚 ……… 113

1. 仅判一星期

一个人被指控酒后驾车,他在法庭上为自己辩护:

"我只是喝了些含有酒精的饮料,并没有像指控书上说的那样喝醉了。"

"是啊,正因为像你说的这样,我才没有判你七天监禁,而仅判处你监禁一星期。"法官笑着答道。

2. 互相提问

城里人在山里度假,一天遇见一个当地人。

城里人在与山里人的交谈中发现对方知识非常丰富,于是建议两人玩一个游戏。

"咱们互相提问,答不出来的人要罚 1 美元。"城里人说。

山里人想了几分钟后指出:"城里的人见多识广,阅历比较丰富,所以受罚时应该付 1 美元,而自己受罚时只能出 50 美分,这样才合理。"

城里人觉得言之理,便同意了。

"什么东西有三条腿,会飞?"山里人问。

城里人绞尽脑汁也想不出来,最后承认说:"的确不知道,我甘愿受罚,给您 1 美元。"

随后,他又用这个问题反问对方。

"天哪,我自己也不知道。"山里人答道,接着付给城里人 50

美分。

3. 最好的答卷

一个哲学教授对他的学生说要进行一次考试。

考试那天,教授走进教室,没有说一句话,而是把一把椅子放在讲台上,然后在黑板上写下考题:请证明这张椅子是不存在的。

许多学生马上奋笔疾书,开始写长篇大论。

只有一个学生写下了一句话后就交了卷。

教授看了看答卷,笑了,然后把那位学生的答卷读了出来:"你指的是哪张椅子?"

4. 分番茄

在小学生的数学课上,教师经常用实物举例法为学生们讲解。

有一次,在学习不能整除的除法时,老师出题举例说:"现在有十个番茄,把它们平均分给七个人,该怎么分呢?"

这时,一个男孩站起来回答:"可以先把番茄做成番茄酱再分。"

5. 急中生智

杰克报名参加了口才训练班。

第一天上课时，老师要学生们先作自我介绍，并说明参加训练班的动机。

轮到杰克发言时，他"噢"了半晌接不下去，最后终于冲口而出，"现在你该知道我为什么要参加口才训练班了吧！"

6. 遵守诺言

有一次，一位不大出名的作家妻子跑来找科佩，请他在法兰西学院选举院士时帮她丈夫一次忙。

她说："只要有你的一票，他一定会被选上的。如果他选不上，一定会去寻短见的。"

科佩答应了她的要求，投了她丈夫一票，但此人并未选上。

几个月后，法兰西学院要补充一个缺额了。那位太太又来找科佩，请他再鼎力相助。

科佩回答说："啊，不，我遵守了自己的诺言，但他却没有遵守。因此，我不好再履行义务了。"

7. 在哪里

一位母亲问邻居的孩子："波波，你知道我们小强在哪里？"

邻居的孩子回答："如果他有钱，在玩电子游戏机；如果他没钱,在看人家玩电子游戏机。"

8.和鱼交谈

甲去乙家做客,乙买了一条鱼招待。

甲仔细打量了一会儿,将鱼放在鼻子底下闻。

乙有些不高兴:"你认为鱼变臭了吗?"

甲解释:"对不起,我只是和鱼交谈了一会。"

乙很惊讶:"和鱼交谈?"

甲说:"对,我向它打听一下海上有什么新闻?"

乙问:"它怎么答复你的?"

甲清了清嗓子:"它说'很抱歉,我已经有一个多月不在海里了!'"

9.两全其美

一个单位要去参加女子大合唱比赛。

指挥说:"长得漂亮的站在前面,唱得好的站在后面。"

有人问:"为什么要这样排列?"

指挥说:"观众总是先看后听的,这样排列,可以达到两全其美的效果嘛!"

10. 棋逢对手

阿毛第一次到女朋友家做客,未来的老丈人得知阿毛也是个棋迷,就摆开棋盘,和他对弈。

阿毛为了讨好老丈人,决心输棋。

可是老丈人的棋艺实在差,阿毛费尽九牛二虎之力,花了三个小时,才算“完成任务”,累得他满头大汗。

第二天,女友告诉阿毛:“我爸爸说昨天本想让你赢,但你的棋艺实在太糟了!”

11. 投标

乡里要修一个花圃,公开招标,结果来了三个投标者。

赵大经过计算,画了草图,然后对乡长说:“材料费三百元,人工费三百元,一共六百元。”

钱二做了更精细的盘算,然后说:“乡长,我只要四百元。材料费二百元,人工费二百元。”

最后是孙三,他把乡长拉到一边,悄悄说:“我要二千四百元。”

乡长吃惊地问:“你一没算,二没画,却开了个天价,怎么回事?”

孙三不慌不忙地答道:“这简单得很。一千元归你,一千元归我,剩下四百元雇钱二那小子干不就得了?”

12. 因时而异

瓦西和彼得正在一起散步。

瓦西突然从地上捡起一枚胸针,高声叫道:"瞧,我发现了一样宝物!"

彼得对他说"不对,是'我们'发现了一样宝物!"

这时,那个丢失胸针的人找来了,指责瓦西偷了她的东西,并扬言要叫警察。

瓦西惊恐地嚷道:"这回我们可完了!"

彼得慢吞吞地说"不对,不要说'我们',应该说'我'完了。"

13. 环境所致

大名到小林家做客,对她家的那条狗产生了兴趣。

观察了很久大名问道:"你家那条狗,尾巴为什么不是左右摆动,而是上下摆动呢?"

小林回答:"这完全是环境所致——我家住房面积实在太小了。"

14. 别强调

甲乙两个老熟人为一件小事争吵起来。

甲:"这下我算是认识你了!"

乙:"我也认识你了!"

路过此地的丙赶紧过来劝解:"既然二位都认识,何必再强调个没完?"

15. 颜色

夜里,甲乙两人一起回家。

走近甲家时,突然,乙紧张地碰碰甲,说:"不好了,一个小偷从你家窗户跳进屋去了!"

甲不慌不忙地说:"别吱声,让他进去吧。我老婆以为是我回去了,会给他颜色看的。"

16. 减肥良方

哈利到杰克家做客,对杰克说:"你的妻子最近瘦了不少,她有什么减肥良方?"

杰克回答:"这应该归功于绝妙的中国餐具!整整一个月,她都只用中国筷子喝鸡汤。"

17. 学生月票

公共汽车里,一位乘客给查票员看他的月票。

查票员:"同志,你拿错了,这是学生月票,是发给十岁学生的。"

乘客回答说:"是啊,你看我等你们这趟车等了多久。"

18. 三分之二

乙很关心他的好朋友甲的终身大事,特地打电话给甲,对他说:"你对象谈妥了没有?"

甲回答说:"已经说好三分之二了。"

乙很高兴,接着问:"那希望很大?"

甲不好意思地说:"不,我答应了,媒人答应了,只是女方还没有答应。"

19. 敲西瓜

阿胖在超级市场上班时,发现有人在买西瓜前,总喜欢把西瓜放在耳边敲打敲打,阿胖不明白他们到底希望听到什么。

终于有一天,他忍不住问了一位顾客。

顾客说:"我已经这样做了四十年,我所知道的是,如果你拿起来就走,别人都会像看傻子一样地盯着你。"

20. 两种看法

房客向房东太太诉苦:"你这房子太差了,晚上经常可以看到一群老鼠在打架,闹得人不得安宁。"

房东太太冷笑一声道:"这么便宜的房租,你还要什么,难道你想看龙虎斗吗?"

21. 买肉

一个顾客去菜市场买肉,对小贩说:"我买 9 两肉。"

小贩说:"9 两肉不好算账,您干脆割一斤吧。"

顾客很直白地说:"其实一样的,我每次要一斤,你也只给我 9 两。"

22. 警犬

哈利太太在报纸上看到优良品种的警犬出售,便寄钱去购买。

几天后狗送来了,却是一条瘦弱的杂交犬。

哈利太太生气地打电话去质问:"这难道是警犬吗?一点都不像。"

对方不慌不忙地答道:"这就对了!它是一只便衣警犬,很善于伪装身份,是不是?"

23. 失算

两个个体老板在交流心得。

个体老板甲:"听说你们商店新来一位非常漂亮的女售货员,这几天进出商店的人猛增,营业额一定很可观吧?"

个体老板乙:"哪里!这几天的营业额比以往减少了许多。"

个体老板甲:"这怎么解释呢?"

个体老板乙："因为真正想买东西的人挤不进来。"

24. 敲栏杆

一名州警在高速公路巡逻的时候,发现了一桩怪事。

有个货车司机每过一会,就要把货车开向路边,拿把锤子敲几下金属栏杆,然后再向前驶去。

开了两公里,他又这么做了。

下一个两公里过后,他再一次把车子开到路边敲打金属栏杆。

这位警察怎么瞧怎么觉得不对劲,他追上那辆货车,喝令司机将车停到路边,问他为什么要敲打金属栏杆。

那司机道:"高速公路限制的载重量是 10 吨,而我运了 15 吨长尾小鹦鹉,我得不断敲打金属栏杆,让一部分鹦鹉在集装箱的笼子里飞起,以免超重造成事故。"

25. 真假难辨

一对青年男女在搞对象。

女的问:"你在'征婚广告'里没说假话吧?"

男的回答说:"看你想到哪里去了!"

"那你的房子呢?"

"效区有半间老房。"

"车呢?"

男的回答:"家里有辆半新自行车。至于父母,早已进了天国——不是在国外吗?"

26. 生意经

有一个小摊贩,见对面来了个妇女,就拦住她说:"阿姨,我这里有便宜一点的毛巾,买吗?"

"不买。"

"牙膏?"小贩又问。

"不买。"

"针、肥皂、袜子……要买什么?"

"不买!"主妇显得很生气,"我对你说过了,什么都不买,你怎么还缠个不休?要不我喊警察啦!"

小贩:"你要叫警察?阿姨,这里有叫警察用的哨子,每个五块钱。"

27. 爱唠叨

伯克逢人便诉苦:"您简直想象不到我的妻子爱唠叨到了什么程度!她一天到晚,嘴没有闲着的时候。"

"这还不算什么。"朋友约翰说,"我的妻子去年去海滨疗养了半个月,回来后您猜怎么了——就连她的牙都晒黑了!"

28. 相对论

经济学家问上帝:"听说我们人世上的一千年只是你们天堂里的一分钟,对吗?"

上帝:"没错。"

经济学家:"据说,我们的一百万镑也只是你们的一便士?"

上帝:"没错。"

经济学家:"那么,亲爱的上帝,您能给我一便士吗?"

上帝:"当然可以,但钱不在我身上,请您稍候一分钟,我回去拿了就给您。"

29. 零几个月

一位女士去办理护照。

"年龄?"警官问。

"29 岁零几个月。"女士答。

"零几个月?"警官穷追不舍。

这位女士迟疑了半天才说:"零 63 个月。"

30. 波士顿的女人

一位波士顿的公共汽车司机正想转弯的时候,发现了一位开车的女士马上就要挡住他的路,他从车窗探出头,尖声地吹了声口哨。

那位女士停住了车,瞧了瞧,就这样让公共汽车先开过去。

一位乘客问他为什么要吹口哨而不按喇叭。

他说:"差不多有一半的女人开车根本不理睬人家按喇叭,可是,在波士顿没有一个女人听见男人吹口哨而不停下来瞧的。"

31. 偷不走的东西

一天,一名娱乐记者冒冒失失地向一位著名歌剧演员问起她的岁数。

"这个我可记不清了。"演员回答。

记者很吃惊:"怎么?难道你连自己多少岁都不记得吗?"

"这有什么奇怪的!我认为,我应该记住我有多少钱多少珠宝,因为它能够被人偷走。至于我的岁数,无论谁也偷不走。"

32. 凑份儿

一个城镇决定集资建一个公共游泳池。

募捐人来到马克塔家说:"马克塔大叔,您也为咱们的游泳池做点贡献吗?"

"当然,当然!"马克塔说着,去提了一桶水递给来者。

33. 一无所缺

森到商店为哥哥买礼物，他有份好工作，买得起任何想要的东西，所以给他送礼物很伤脑筋。

一位迷人的导购小姐走来询问："需要帮忙吗？"

"这儿有什么可以送给一无所缺的男人的吗？"森问。

"我的电话号码怎么样？"她建议道。

34. 配对

汤姆新开了一家百货商店，他的朋友都来捧场。

参观了一圈后，问他们的店员："你们这儿的商品陈列可真怪，为什么把萨克斯管与手枪放在一起？"

店员回答说："这有什么奇怪的，只要有谁将萨克斯管买走，过不了多久，他的邻居准来这里买手枪！"

35. 诺贝尔奖

研讨会上，与会者纷纷询问刚刚做完报告的一位遗传学家。

"教授先生，如果将一头大象和一只蚊子进行杂交，那会得到什么？"

教授回答："什么？什么？当然会得到诺贝尔奖！"

36. 船模

一名年轻男子在玩具店里仔细地挑选船模。

他问店员："这艘船不会一下水就沉了吧？"

店员答道："当然会沉！您看，这艘是'泰坦尼克'号的模型。"

37. 终于说实话了

乘客已经坐在了自己的位置上，等候飞机起飞，突然传来了机长的广播声："由于空中交通繁忙，我们须依次排队等候十分钟才能起飞。"

过了十分钟，飞机仍然没有动静。

机长再次广播："由于发生故障，我们须下机转搭另一班飞机，我对此深感歉意。"

飞机上的一位乘客对他的同伙说：看，机长终于说实话了。"

38. 最大面积

一位农夫想用最少的篱笆围出最大的面积，于是他特意请了工程师、物理学家和数学家来帮他设计。

工程师用篱笆围出一个圆,宣称这是最优设计。

物理学家将篱笆拉开成一条长长的直线,假设篱笆有无限长,认为围起半个地球总够大了。

数学家好好嘲笑了他们一番。他用很少的篱笆把自己围起来,然后说:"我现在是在外面。"

39. 后车追尾

霍克开着警车在路上巡逻,一辆车以时速150千米的速度从他旁边飞驰而过。

在鸣笛示意后,霍克决定追上去。

那个司机驶过几辆车,终于停在路边。

霍克生气地对那个司机说:"你不仅超速行驶,而且你的车尾灯也没有开。"

司机回答说:"我知道,正因如此我才超速行驶,我可不想被后车追尾。"

40. 机智的报幕员

一场音乐会即将开始。

报幕员走到前台对大家说:"尊敬的女士们和先生们:下面我们将请在国际比赛中多次获奖的世界著名艺术家用小提琴为

我们演奏几首美妙的乐曲。"

艺术家不好意思地对报幕员说:"可我根本不是什么小提琴家,我是钢琴家。"

"女士们、先生们,"报幕员说,"不巧,小提琴家把提琴忘在家里了,因此,他决定改为大家演奏几支钢琴曲。这机会更难得,请大家鼓掌。"

41. 邻居

法官审问两个被指控犯了流浪罪的流浪汉。

法官问其中的一个人:"你住在什么地方?"

这个人回答法官,"我四海为家。城市、乡村、树林、海边……"

法官问另一个人:"那么你住在哪里?"

另一个回答:"我是他的邻居。"

42. 各要一个

六一节到了,儿童服饰店送给每位顾客的孩子一个气球。

一个男孩想要两个,店员说:"非常抱歉,我们只给每个孩子一个气球,你家里还有弟弟吗?"

男孩非常遗憾地说:"不,我没有弟弟。但是我姐姐有个弟弟,我想替他领一个。"

43. 解铃还须系铃人

在钢琴家的第一场钢琴独奏会上,坐在第一排的一位男士如雷的鼾声让钢琴家很郁闷。

钢琴家对坐在第一排的妇女轻声说:"女士,麻烦你叫醒旁边的那位男士,好吗?让他别打鼾了。"

那位女士回答:"或许你可以叫醒他,是你让他睡着的。"

44. 白痴

小林皮肤很黑。男友经常拿这个来做文章。

有一次小林干了错事,自己骂自己:"唉呀,我真是白痴!"男友听后忙安慰她:"不许这样骂自己!"

小林正要感动,男友补充道:"你又不白,怎么能说自己是白痴呢?"

45. 夸儿子

两位家长互相夸耀自己的儿子。

甲说:"我的儿子真是个天才,昨天他在墙上画了只蜻蜓,他妈妈捉了好几次。"

乙笑道:"那算什么?我儿子在地板上画了条蛇,我吓得破门而出,谁知那扇门也是他画在墙上的!"

46. 风雪之夜

在一个风雪交加的夜晚,面包店的老板正准备关门。

这时,来了一个人,他要买两个甜圈。

老板感到很吃惊,这种天气还有人为甜圈跑出来,于是问道:"您结婚了吗?"

那人回答:"当然,我妈妈能在这种天气把我赶出来吗?"

47. 同情

一个人对另一个说:"我给我的妻子送了一件貂皮大衣作为节日礼物。我想对你表示深切的同情。"

另一个人觉得奇怪:"这跟我有什么相干?"

这个人解释道:"今晚,我的妻子要拜访你的夫人。"

48. 漫长的付款期

一个老爷爷走进信用社为一张婴儿床交最后一笔分期支付的款项。

经理表示了谢意后说:"现在这孩子怎么样?"

老爷爷听后笑了笑回答:"我很好。"

49. 最喜爱的歌曲

舞台上,一名女歌手演唱完后向观众说:"谢谢,谢谢。我刚才唱的这首是你们最喜爱的,是吧?"

一位观众无可奈何地说:"是的。在你唱这首歌之前的确是我们最喜爱的。"

50. 等你一上午

史蒂夫有一次在高速公路上开飞车而被警察拦下。

那位警察笑眯眯地对他说:"孩子,我今天一个上午就在这里等着你了。"

史蒂夫于是回道:"警官,我知道。所以我以最快的速度赶到这里!"

51. 问题

鲍平料不到自己这么好运,一路过关斩将,能进入问答比赛的最后一个回合。

主持人说:"恭喜你,如果这个问题你答对了,即可把五百万元现金抱回家!"他接着说,"问题是有关美国历史的,分为两部分;第二部分通常容易一点。你先回答哪部分呢?"

鲍平仔细地权衡了一下说:"我先回答第二部分吧。"

主持人说:"好,请听问题:那么,'他'死于哪一年?"

52. 单行道

一个老绅士无意间驾车误入一条单行道。

不久,他发现自己被迎面飞驰而来的车流围住,不得不把速度降到最低勉强前行。

最后,他被交通警察拦住。"你一定知道我为什么拦住了你吧。"

老绅士无奈道:"那还用说,我是你唯一能追得上的对象嘛。"

53. 第二好的西瓜

李太太是商店的"不受欢迎人物",买东西爱左挑右选,会把每一个水果都拿上手掂量一番才做决定。

一天,李太太来到当地的杂货店,又开始挑三拣四,"蹂躏"了所有的西瓜后,才选中一个。

当她打算转移目标,开始挑番茄时,耳边传来一个声音说:"对不起,请问哪个西瓜是第二好的?"

54. 真名

一个乡下人来到大城市,决定要入住当地一间相当不错的酒店。

在前台登记时,他在姓名那栏填上了一个"×"就离开了。

不一会儿，他又返回来，在 × 上又画了一个圈。

服务员很纳闷："我看过许多从乡下来的人都签一个 × 代替自己的名字，但是从来没有遇到过有人还画了一个圈的。为什么呢？"

那人回答道："哦，当你初到某地，你一般不会想用自己的真名。"

55. 最佳时机

文森特先生正与他的一个吝啬的朋友在商店里购物。

突然，有两个强盗闯进来抢劫。

当强盗开始挨个搜查顾客的腰包时，文森特突然觉得他的朋友在轻轻地捅他，并悄声对他说："拿着这个。"

文森特很紧张，小声说："别给我手枪，我可不想当英雄。"

他的朋友仍然在坚持："快拿着吧，这是我欠你的25元钱。"

56. 诱惑

一位父亲命令他的儿子道："不要在那条运河里游泳。"

"好的，爸爸，"儿子回答。

但那天晚上他回家的时候手里拿着一条湿漉漉的游泳裤。

"你去哪里了？"父亲问。

"在运河里游泳呢，"男孩回答。

"我不是告诉过你不要在那儿游泳吗?"父亲问。

"是的,爸爸。"男孩回答。

"那你为什么还要那么做?"

"噢,爸爸,"他解释道,"我带着我的游泳裤,所以我无法抗拒那诱惑。"

"可是,你为什么要带着你的游泳裤?"父亲不解地问。

"因为我准备,如果万一我受不了诱惑,我就游泳。"

57. 及时提醒

一对年轻人在公交车上热吻,还不断发出"叽——叽"的声音。而车上那些放学乘车回家的小学生盯着他俩,目不转睛。

"两位——"一位退休老教师禁不住上前拍了拍年轻人的肩头,大声说,"何必为了一颗糖在小朋友面前互不相让呢?"

58. 最高境界

小朱和朋友在聊关于吃自助餐的话题。

朋友问他:"你知道吃自助餐的最高境界吗?"

小朱想了半天回答说:"我不知道。"

朋友说:"扶着墙进去,扶着墙出来!"

59. 感觉不错

亨利的母亲是一位积极的社会活动家,这天她被请到电视台去做一项大型活动的宣传介绍。

节目播出的第二天,同事们见了亨利纷纷问他:"昨晚你母亲上电视了,你感觉一定不错吧?"

亨利喜形于色地回答说:"是呀,我可以第一次随心所欲地关掉电视,不听她唠叨了!"

60. 多销的秘诀

一个顾客在酒馆里喝啤酒。

当他喝完第二杯后,问酒馆的老板:"你们这里一星期能卖出多少桶啤酒?"

"四十桶。"老板得意地回答。

"那么,"这个顾客说,"我刚想出来一个能使你每星期卖八十桶啤酒的办法。"

老板一听,急忙问:"您能告诉我是什么办法吗?"

顾客回答:"很简单!您只要将每个啤酒杯里的啤酒都装满就行了。"

61. 超速行驶

一辆快速行驶的汽车被警察拦住,一名年轻女子坐在司机座位上。

"你为什么要超速？"维持秩序的警察生气地问。

驾驶汽车的女人细声细气地说："长官，我开车的本领很差，为了不轧着人，我要尽快赶回家。"

62. 最出色的演员

一辆有两名乘客的汽车闯红灯，被警察拦住。

司机很快明白过来解释说："我非常遗憾，但我是个医生，急着把这名病人送进精神病医院。"

警察怀疑司机在撒谎，乘客也是一个相当聪明的小伙子，马上用天使般的目光瞅着这个维护秩序者，微微一笑，小声地说："吻我一下吧，亲爱的。"

警察马上放了他们。

63. 忠告

一名骑士载着女友，飞快地转进街道。

不久，一辆警车随之跟上。

骑士以为是自己交通违规，不想被罚款，于是加快速度，想甩开警车。

最后，骑士仍然被追上，交通警察下车，一脸担忧地告诉他："你把你的女友掉在了刚刚转弯的地方。"

64. 决不后退

军营里的一个上尉,刚刚学会驾车,就迫不及待地把车子开到大街上。

在十字路口,红灯亮了。交警示意他把车子往后退一点。可是,上尉没来得及学倒车,只好硬着头皮把车子往前开。

警察大怒,吹起警哨,上尉只得把车停住。

面对警察的责骂,他大声回答:"我是军人,只能前进,决不后退。"

65. 女孩开车

一天,汉斯看见一个女孩子独自开着敞篷车,她的右转车灯闪烁。后来,汉斯又看到她伸出左手,且手心向后。

"你到底是要右转,还是左转?"汉斯问。

"我当然是要右转。"女孩回答。

"那你伸出左手向后,又是表示什么?"

女孩笑笑说:"我要将指甲油晾干。"

66. 悼词

埃尔夫牧师很善于写悼词。

在为一个小偷举行葬礼时,埃尔夫牧师是这样说的:"死者是个很勤劳的人。别人睡觉的时候他忙碌着,当别人醒来的时候,他拥有他们所缺少的东西。"

67. 打错电话

公司新来的职员接到了部长的电话,很开心。

于是这个职员跟他的同事说:"部长给我打电话来了。"

同事说:"太难得了,他对你说些什么呢?""只说了一句话:打错了。"

68. 语言技巧

一位妇女走进一家鞋店,试穿了一打鞋子,没有找到一双合脚的。

店员说:"太太,我们不能合您的意,因为您的一只脚比另一只大。"这位妇女走出鞋店,没有买任何东西。

在下一家鞋店里,她又试穿了很多双鞋,可要选一双合适的鞋是同样的困难。

最后,笑眯眯的店员解释道:"太太,您知道自己的一只脚比另一只小吗?"

这位妇女高兴地离开这家鞋店,拎着一双新鞋子。

69. 三天上天

一群客人聚在一起闲谈,争论天的远近。

一个农民正好路过,说:"天离开地,只有三四百里光景。由此往上走,慢点四天可到,快点三天可到,六七天一个来回绰绰有余,你们为啥争辩不休呢?"

客人们听呆了,问:"你的说法有根据吗?"

农民振振有词地说:"难道你们不知道这一带有个送灶神上天的风俗习惯?腊月二十三送走,腊月三十迎回,不过七天。以一天走一百里计算,二一添作五,不就是三四百里吗?"

众人笑道:"讲得妙。"

70. 裤子的作用

陆先生的裤子纽扣掉了,他太太替他缝,边缝边说:"你们男人真没用,如果世界上没有女人替你们缝,真不知会怎样。"

陆先生也不甘示弱地说:"哼!这世界上如果没有女人,我们男人还用穿裤子吗?"

71. 误会

李君的妻子性格直爽,快言快语,还是高度近视眼。

一天,李君和她一起去美术馆观赏艺术作品,她站在一幅作品面前对丈夫说:"你看,这是我平生看到的最丑的一幅画像。"

丈夫连忙拉过她,小声地说:"亲爱的,这不是画像,这是镜子。"

72. 证明

一辆车停在边境,接受检查。

"你的护照没有问题,"海关人员对那人说:"但是,你能证明这位女士是你的太太吗?"

那人看了身边女人一眼,悄悄地对海关人员说:"你若能证明她不是我的太太,我情愿把她送给你。"

73. 随机应变

一个编辑正在跟一个投稿的作者谈论他的稿件。

编辑说:"你的文章写得太松散。"

作者回答:"若按散文发表,我同意。"

"但写得太杂乱。"

"就按杂文发吧。"

编辑接着说:"作品显得太幼稚。"

"就请按童话发吧,我不介意。"

最后编辑说:"说实在的,没有一点新意。"

于是作者回答:"是吗?那就按古文发吧。"

74. 如何感谢

一位名教授治愈了一位有钱的病人。

"教授先生,我简直不知应该如何感谢您。"

教授沉着地回答道："自从人类发明金钱以来,这个问题早已失去了意义。"

75. 感觉不错

晚饭后,母亲和女儿一块洗碗盘,父亲和儿子在客厅看电视。

突然,厨房里传来打碎盘子的响声,然后一片沉寂。

儿子望着父亲说:"一定是妈妈打破的。"

"你怎么知道?"

儿子回答:"她没有骂人。"

76. 以毒攻毒

妻子正在厨房炒菜。

丈夫在旁边不停唠叨:"慢些,小心,火太大了,赶快把鱼翻过来。快铲起来,油放太多了!把豆腐整平一下。"

"哎呀。"妻子脱口而出,"我懂得怎样炒菜。"

丈夫平静地答道:"你当然懂,太太,我只是要让你知道,我在开车时,你在旁边喋喋不休,我的感觉如何。"

77. 求医

一男子急匆匆地跑到医院,向医生求救:"大夫,我老婆嗓子疼,说不出话,怎么办呢?有什么好药?"

医生想了想说:"有一个偏方你可以试试。"

男子着急地问:"什么偏方?"

医生说:"明天天亮时你再回家。"

78. 你在说

一对恋人在讨论情感问题,女孩子说:"找对象总没有十全十美的。"

男孩子说:"是呀!"

女孩继续说:"有的人长得挺漂亮,可找个对象倒很一般。"

男孩子点了点头说:"我知道,你在说我。"

79. 调整思路

小冯在火车站附近开一大碗茶小店,因效益不佳,将小店转让给了小高。

数月后,小冯又光顾小店,见门庭若市,生意红火。小冯便问小高有何秘诀?

小高指着门前一块牌子道:"不过调整了一下思路而已。"

小冯举眼望去,只见牌子上大书:茶水一元,免费如厕!

80. 有事发报

张经理要去外地出差。

临行前,他拉着太太的手,深情地说:"两三天工夫我就回来的,倘若有要事缠身,需要多待几天的话,我会给你发电报的。"

"不用发了,"太太神情自然地说,"那份有要事的电报底稿我已经收到了,它躺在你的裤兜里。"

81. 奥妙

马路边紧挨着两个水果摊,而且出售的水果品种完全相同,但甲摊的水果卖得总是比乙摊的要便宜得多,以至于甲摊终日生意兴隆,而乙摊则门可罗雀。

有好心人提醒乙摊主:"你这样下去要亏本的。"

乙摊主笑笑,却无动于衷。

他私下里透露:"不会的,我标价越贵,我哥哥那儿生意就越好。我们赚了钱对半分。"

82. 并非求爱者

在舞厅内,麦杰先生一直盯着漂亮的服务小姐,欲言又止。

热情的服务小姐问:"先生,我能为您做点什么吗?"

麦杰先生略一犹豫,吞吞吐吐地说:"不……谢谢。我只是想……想和你说说话……"

看到服务小姐惊讶的神情，麦杰先生赶忙解释道："在这么多让人眼花缭乱的小姐当中，我已找不到我的妻子了——不过，一般情况下，只要我与像小姐你这么漂亮的姑娘谈笑，我妻子就马上会出现在我的身旁。"

83. 看不见

小刘眼里落进了沙子，让大刘给看一下。

大刘不耐烦地说："沙子在你眼里，连你自己都看不见，别人就更看不见了。"

84. 长得太快

小李为姑娘小王介绍对象时给她看了对方的照片：小伙子五官端正，长得很帅，小王有所动心，答应见见面。

三天后，小王在小李陪同下来到男方家，开门的是一个四十多岁的男人，小李说："这就是照片上的那个人，噢！对了，照片是二十年前照的。"

小王哭笑不得，坐了一会儿就走了。

小李跟在后面问她："印象怎么样？"

"人很不错，就是长得太快了，你想想，才过三天，就四十多岁了，要是再过五天，还不变成老头子？"

85. 巧借

福特是派克的邻居，他经常让儿子到派克家借醋。

一天，福特的儿子又到派克家来了："能借给我一些醋吗？我们晚饭吃螃蟹用。"

等福特的儿子借了醋回家后，派克也叫儿子到福特家："我们今晚吃醋，请借给我们一些螃蟹。"

86. "节省"夫妻

王大哥外出回来，妻子王大嫂就对他说："自从你出门以后，我在家里过日子可节省啦！"

王大哥问："你是怎样节省的呢？"

王大嫂说："我一天三顿剩的饭菜，舍不得喂猪，就加上猪肉、鸡蛋、香油炒一炒，夜里再吃！"

王大哥听了说："我在外边比你还节省哩，我怕穿坏了鞋，出门总是雇轿子！"

87. 不外流

妻子送走客人，回屋冲着醉醺醺的丈夫吼道："我请客人吃饭，客人没喝多少，你倒醉得一塌糊涂！"

丈夫分辩道："肥、肥水不流外人田嘛！"

88. 妙答

某编辑收到一封读者匿名信,里面只写了两个字:蠢才。

这编辑看了并不生气,而是把信转给其他同事看:"你们看,这封信真奇怪,只有署名,没有内容。"

89. 怎么办

星期天,父子俩正津津有味地坐在电视机前看《三国演义》。

中间插播广告时,父亲伸了个大懒腰,嘴里念道:"兵来将挡,水来土掩!"

儿子笑着问:"妈妈来了怎么办?"

父亲忙说:"你做功课,我下厨房。"

90. 如何收拾

酒鬼跌跌撞撞回到家。

妻子瞅着他那狼狈相,气得扯着嗓门吼:"看我怎么收拾你!"

酒鬼丈夫"咚"地倒在沙发上,有气无力地哼哼道:"任你——摆布。"

91. 闲不住的嘴

妻子的嘴总是闲不住,不是吃零食,就是爱说别人长短。

丈夫不耐烦了,有一次就故意问她:"你说,咱们家什么东西老是闲不住?"

妻子随口道:"电视机。"

丈夫摇摇头:"不对。"

妻子立刻又说:"自行车。"

丈夫又摇摇头:"不对。你仔细想想,是人身上的一样东西。"

妻子想了想,恍然大悟道:"哦,知道了,是你的嘴。你的嘴总闲不住,不是抽烟就是喝酒!"

92. 补救办法

夫妻两人吵架一完,便和好如初了。

妻子说:"很对不起!我把你的脸抓破了,有了伤痕,你出门怎么办?"

丈夫胸有成竹地回答:"不要紧,我手里抱一只猫就行了。"

93. 如果

一对夫妇在吵架。

丈夫大声地责问妻子:"如果没有我的钱,这29寸彩电会在这里吗?如果没有我的钱,这套红木家具会在这里吗?如果没有我的钱,这金光闪闪的项链、戒指会在这里吗?"

妻子回敬道:"如果没有你的钱,我会在这里吗?"

94. 选择

丈夫无精打采地对妻子说:"这个月的钱快花光了,可还没缴水费和医疗费。你说,咱们先缴哪一项呢?"

"笨蛋,当然是先缴水费啦。"妻子分析道,"医疗费不缴,大夫总不至于把我们的血管掐断吧!"

95. 往哪拍

一个县官喜欢吹牛,下属对他唯唯诺诺。

一日,县官吹兴大发,对下属说:"昨天有一伙强盗追杀我,强盗头子一刀把我的坐骑砍为两截,我只好骑着马的前半截逃跑。"

下属们见县官吹得不着边际,实在没法附和,就都睁着眼,不作声。

县官生气了,大声问:"怎么,你们不相信吗?"

一位下属小声答道:"大人,您的马屁股都没了,叫我们往哪里拍?"

96. 角色转换

鲍里斯去探望朋友,见他朋友正手忙脚乱地在厨房里做饭,就好奇地问:"怎么,你也当火头军了?"

朋友叹口气说:"是呀,我不得不亲自动手。"

朋友又盯住问:"你那厨娘干啥去了?"

"她结婚了。"

鲍里斯继续问:"和谁结婚?"

朋友回答:"还能是谁,我嘛……"

97. 评论

女人们在一起聊天会这样评论男人:"告诉男人什么事情,他会从一只耳朵进去,从另一只耳朵出来。"

当然男人在一起聊天也会这样评论女人:"要是告诉女人什么事情,她会从两只耳朵进去,再全部从她的嘴里出来。"

98. 谁买的电影票

一个五岁的小男孩坐在影院放映厅里,正全神贯注地看电影。

邻座一个中年妇女左右张望了一下,好奇地问道:"孩子,没有大人陪你来吗?"

"没有,太太。"小孩答道。

"是你自己买票来看电影的吗?"

"不,是我爸爸买的票。"

"那你爸爸呢?"

"他这会儿准在家里四处找这张电影票呢!"

99. 装病的秘密

丈夫身体健康,却硬说自己有病。

妻子很不理解:"你从没去医院检查化验过,怎么逢人就说自己得了肝炎呢?"

丈夫回答说:"我这样做都是为了你呀。"

妻子更加疑惑了,丈夫解释说:"半年来凡到咱家串门的,不用说吃饭,连口水都不喝,你不是省了很多事吗?"

100. 口红的用意

社交场合的女人个个都烈焰红唇。

甲问:"你知道女人在社交场合为什么要抹口红吗?"

乙说:"那是做广告,是为了吸引她们喜欢的男人。"

甲问:"要是有她们不喜欢的男人在身边转来转去呢?"

乙回答说:"那这口红的含义就变了:警告男人千万不可乱闯红灯!"

101. 不必买纽扣

火车到站了,甲乙准备下火车。

甲对乙说:"下车后,我要去商店买些纽扣。"

乙回答说:"何必去买呢?等乘客都下车了,在车厢里捡儿颗就行了。"

102. 一样的嗜好

一位母亲在万般无奈之下,对她四岁的女儿说道:"如果你再继续用嘴吸你的大拇指,你以后就会像气球一样膨胀起来的!"

这话还真奏效,女儿马上就改掉了这个坏习惯。

有一次,母女二人一同去参加一个聚餐会,来客中有一位腆着大肚子的孕妇,小女孩看到后禁不住走了过去,说:"阿姨,我知道你一直喜欢干什么……"

103. 账单

一位债台高筑的男人绝望地看着那堆账单发愁,忽然叫道:"谁要是能解除我的烦恼,我就给他一千元。"

"我可以,"妻子回答,随即问道:"一千元在哪里?"

"那是第一个烦恼呀!"丈夫说。

104. 早餐与食欲

一位有钱的绅士,清晨在路上散步。

迎面走来了一个流浪汉,绅士很有修养,他问道:"早上好!"

流浪汉很有礼貌地回答:"早上好,你这么早出来做什么?"

"我出来走走,看看能否为我的早餐增进点食欲。"

绅士接着又问道:"你这么早出来想做什么呢?"

流浪汉说:"我出来走走,看看能否为我的食欲弄到点早餐。"

105. 高级谎言

富翁鲍勃曾许下诺言:"不论是谁,只要能说出一个最有水平的谎言,我就把唯一的女儿嫁给他。"

消息传出,附近所有的说谎者纷至沓来,几乎踏平了鲍勃家的门槛。

但他没有一个中意的,便告诉他们,不要打他女儿的主意。

有一天,一个年轻人找上门来,从口袋里拿出一张泛黄的纸。

"先生,这是一张借据,上面写着的是您父亲逝世前从我这儿借去了一百万美元。我今天来,就是想请您归还这笔钱的。"他十分严肃地说。

鲍勃一听,不知如何是好,心想:如果说这是谎言,我就得将女儿许配给他;倘若认为不是谎言,就必须还清这笔巨款。

最后,鲍勃承认这是一个高级谎言。于是,年轻人就和鲍勃的女儿结婚了。

106. 拐弯抹角

老婆在照镜子时,自夸地对正在喝汤的老五说:"你看我,多像一个从未结过婚的大姑娘。"

老五看了看老婆,然后用手一指碗里的汤说:"你看这汤,多像一碗纯净水……"

107. 空喜一场

老婆用手悄悄地碰了碰正在床上闭目养神的老公:"如果说咱们家多一个女人,你是不是会很高兴?"

老公一激动就坐起来说:"那是当然。"

老婆看了看她的老公,接着说:"从明天起,我妈开始和咱们一起生活。"

108. 女人之谋

一天丈夫愤怒地问他的妻子:"你为什么老是在别的女人面前说我的坏话?"

他的妻子眉飞色舞地说：“如果我在她们面前老是说你的好话，她们爱上你怎么办？”

109. 鸡瘟

一个犹太人急吼吼地跑来找拉比：“拉比，快帮忙，我的鸡窝里闹瘟疫啦。”

拉比沉思片刻，告诉那个犹太人一个办法。求教者便回家了。

过了一个星期，他又来了，嚷道：“拉比，瘟疫更加厉害了。”

拉比又沉思一会儿，教给他一个办法。

犹太人赶紧回家。

几天后，他又来了，抱怨说：“拉比，您第二个办法也不灵。”

拉比说：“办法我倒有的是，问题在于你还有鸡吗？”

110. 随手扔掉

一个晚会上，一个妇女正在大肆夸耀富有：“我经常用温水清洗我的钻石，用红葡萄酒清洗我的红宝石，用白兰地清洗我的绿宝石，用鲜牛奶清洗我的蓝宝石。你呢？”她问坐在旁边的一位老妇人。

“噢，我根本就不洗它们，”老妇人答道，“一旦它们稍微沾上了些灰尘，我就随手扔掉了。”

111. 比富

一个国家的总统来找世界首富比尔·盖茨,比一比谁富,他拿出准备好的两亿美元炫耀说:"怎么样?"

这时,站在盖茨后的一个保姆掏出三亿美元说:"怎么样?"

总统对保姆说:"送给我吧!"

保姆大声说:"那怎么行,这是我两个星期好不容易积攒的!"

112. 照顾自己

任性刁蛮的女儿总算要嫁人了。

准女婿来拜见未来的岳父岳母,新娘的父亲很忧心地看着他,说:"结婚以后,你一定要……"

未来女婿马上接口道:"我知道,结婚以后我一定会好好照顾她的!"

新娘的父亲摇摇头说:"我的意思是,你结婚后一定要照顾好你自己。"

113. 反应

一个美貌的年轻姑娘独自坐在酒吧里,看得出她出身豪门。

一位年轻男子走过来问:"这儿还有人坐吗?"

姑娘听后大声说:"到阿莱达旅馆去?"

男青年急忙说："不,不,你弄错了,我只是问这儿还有其他人坐吗?"

这次姑娘尖叫起来："您说今夜就去?"神情比刚才更激动。

顿时,年轻男子被她弄得狼狈极了,红着脸坐到另一张桌子边去了,许多顾客愤怒而轻蔑地看着他。

过了一会,年轻姑娘到他桌边,给他叫了一杯白兰地,轻声说:"对不起,我只是看看您对意外情况的反应。"

这回轮到男青年大声叫起来:"什么?要一百美元吗?"

114. 碰酒杯

甲乙两人在酒吧喝酒。

甲问乙:"你知道人们在欢宴时,为何碰酒杯吗?"

乙说:"这好说,互相祝贺嘛!"

甲继续说:"告诉你,这喝酒碰杯还有个来历呢!"

乙问:"这还有来历?"

甲解释道:"因为在喝酒时,眼睛能看到酒色,鼻子能闻到酒气,嘴巴能尝到酒味,唯独耳朵不能听到声音。所以,喝酒碰杯,是为了给耳朵一种补偿。"

115. 人生之路

甲乙两人在探讨人生。

甲问："你的人生之路怎么迈步？"

乙回答："上班跟着老板，下班跟着老婆。不跟着老板会炒鱿鱼，不跟着老婆会被锁在屋外头。"

116. 车厢里

一位到售票员那里买票回来的妇女发现自己的座位被另一位妇女占了，顿时横眉怒目道："下蛋不勤占窝倒挺快。"

那位坐着的妇女先是一愣，突然像是明白了什么，一边起身一边向她道歉："对不起，耽误你下蛋了。"

117. 带来的三明治

两个律师来到一家饭店，一人点了一杯饮料，然后从各自的手提箱里拿出一个三明治吃。

饭店老板见状，忙跑过来礼貌地对他们说："对不起，你们不能在这里吃自己带的食物！"

两个律师互相看了一眼，然后交换了三明治。

118. 巧辩

一个律师非常善于设法先声夺人，取得有利于自己的证词。

一次，一个证人在做回答前，说了一长串解释的话，律师厉声喝道："我要你回答'是'或者'不是'，你没有必要就这个问题进行辩论。"

"可有些问题无法用'是'或者'不是'来解释。"这位证人温和地回敬他。

"不存在这样的问题!"律师说。

证人说:"是吗?那么请你回答这个问题:你停止打你妻子了吗?"

119. 驾驶执照

卡车司机鲍伯进城去办驾驶执照,没想到,那里办照的人很多,两个小时之后,才轮到了鲍伯。

办好执照后,鲍伯把自己的照片打量了好一会儿,嘟着嘴对办事员说:"你看看,我排队的时间太长了,以至于拍出来的照片都哭丧着个脸。"

那个职员把照片拿过来,看了看,感觉确实不太好,但紧接着安慰他说:"这没什么,反正你被警察拦在路边,就是这个样子!"

120. 机智脱险

一个妙龄女子深夜回家,走到半路被一个不怀好意的男人盯上了。

女子走得快,男人就跟得快;女子走得慢,男人也把脚步放慢。男人咬得很紧，女子试了几次，都没把这个男人甩掉。

女子看到附近有个公墓，情急之下，就匆匆跑过去，然后一屁股坐在地下，拍拍胸，叹了一口气说："总算到家了……"

跟在后面的男人一听，吓得落荒而逃。

121. 婉言制止

一家高级餐馆里，一位顾客把餐巾奇怪地系在了脖子上。

经理见后，对值班服务员说："你去制止一下这种不雅行为，注意说话要婉转得体。"

服务员于是来到那位顾客面前，彬彬有礼地问道："请问先生，您是想刮胡子，还是想理发？"

122. 牛肉面

有一天，小李去吃牛肉面，却始终吃不到牛肉，便问老板。

老板振振有词地说："难道你吃老婆饼时吃到过老婆？"

123. 硬碰硬

甲刚谈了一个对象，不过感觉不太好，于是就给介绍人乙打电话："喂，你介绍给我的那个小演员，似乎是一个心肠很硬的姑娘。"

乙说："心肠硬？你要以硬对硬，钻石是能打动她的心的。"

124. 无能为力

妻子喜欢对着丈夫抱怨："唉!怎么一个家庭主妇永远有做不完的家务?"

丈夫回答:"没办法呀!你又不同意我娶两个。"

125. 试试就试试

某局的小车去换牌,新车牌的号码是"00544",局长大为不满,要求再换个车牌。

经办人员问原因,局长说后两位数字是"44",像"死死"音,不吉利。

经办人员闻听后笑着说:"此言差矣,'00544'乃'动动我试试',象征威严,怎么会不吉利呢?"

局长一听有理,愉快笑纳了新车牌。

一日,局长乘车外出,刚到街上就被另一辆小车撞了一下,局长大怒,下车指着自己的车牌道:"你没看见我的车牌号吗?动动我试试。"

撞他车的司机也不甘示弱,指着自己的车牌号说"你看看我的,'44944',试试就试试。"

126. 十全十美

一对年轻夫妇在闲谈。

先生突然对太太说:"老婆,我从未见过十全十美的女人,你却已是十全八美。"

太太听了又开心又疑惑,问:"那我还缺哪两美?"

先生笑笑答道:"嗯!你只缺外在美和内在美。"

127. 厨子和警察

一对男女新婚不久便吵起架来。

晚餐时,丈夫吃了一口菜,不高兴地说:"这菜你是怎么做的?难吃极了!"

妻子反驳说:"不喜欢吃你自己去做,你娶的是妻子而不是厨子。"

就寝时,妻子听到楼下有奇怪的声音,就对丈夫说:"你下去看看吧,好像有小偷。"

丈夫说:"你自己下去看吧,你嫁的是丈夫而不是警察。"

128. 往后倒一点

一次,张先生乘出租车回家。

到家后,司机说:"请付十元,谢谢。"

张先生摸遍了口袋,无奈地对司机说:"请把车往后倒一点。"

司机边倒车边问:"怎么了,您丢东西了?"

"不,"张先生吞吞吐吐地说,"我……我只有九块钱。"

129. 过期房租

一名男子来到牧师家,对牧师说:"我们这个地区有一户穷困潦倒的人家,父亲死了,母亲病重,还有九个孩子正在挨饿。他们眼看就要流落街头了,除非有人替他们支付四百元房租。"

"哦,真可怜。"牧师说,"请问,您是谁?"

这名男子用手绢擦了擦眼睛,哽咽着说:"我是他们的房东。"

130. 洗衣店

老张和老李正在屋里商量事情。

老张说:"老李的洗衣店要开张了,我们送什么好呢?"

老王回答:"要不,送个匾好了。"

老张问:"上面写什么?"

老王想了想说:"就写'还我清白'吧!"

131. 报丧

有四个赌鬼在一起搓麻将,王大明一晚竟输掉五万块钱,又气又急,心脏病突发,一头栽倒在地不治身亡。

大家商量了一下,就推举机灵鬼张林去向王大明的老婆报丧。

第二天一大早,张林来到王大明的家,敲开门,王大明老婆出来问什么事情。

张林说:"王大明昨晚输了五万块。"

王大明的老婆一听,跳了起来,嚷道:"五万块?这么多?告诉他,别回来了,让他去死吧。"

张林马上接口道:"你的愿望已经实现了!"

132. 同中存异

一辆汽车高速地在乡村行驶,不小心把一只鸡轧死了。

司机赶忙急刹车,问站在路边的一个小孩:"这鸡是你家的吗?"

小孩仔细地看了又看:"一切都很像,不过我家的鸡没这么扁。"

133. 放心

一青年作家到一老作家家中做客。

闲谈中,老作家顺手翻开一本豪华型杂志,指着上面刊登的一篇小说,问:"看过吗?"

青年作家瞟了一眼:"看过。"

"看懂没有?"

青年作家有点难为情："没有。"

老作家听罢哈哈大笑，说："我原以为自己看不懂是思想老化，观念陈旧，你这年轻人也说看不懂，我就放心了。"

青年作家听罢也绽开了笑脸，说："我原以为自己看不懂是年幼无知，功底浅薄，现在您老前辈也说看不懂，我也就放心了。"

134. 真遗憾

一年轻女子嫁给了一个"大款"，天天穿金戴银。

她常在人们面前发嗲："我的口红是美国的，我的香水是法国的，我的镜子是日本的，我的耳环是印度的，我的皮衣是俄罗斯的……"

有人接话说："真遗憾，你的老公是国产的！"

135. 时代变化

官局长因贪污受贿、用公款大吃大喝和包养"二奶"被绳之以法。

公审大会后，一位离休老干部愤恨地说："现在真是时代变了。"

别人问："你指哪一方面？"

那位离休老干部说："想我们年轻时是红米饭，南瓜汤；老婆一个，孩子一帮。你看现在这些贪官，是白米饭，王八汤；孩子一个,老婆一帮!"

136. 识时务

老张急匆匆跑来对李所长说:"所长,东边市场上有两个卖假货的,你看怎么办?"

李所长忙道:"那还用说,把他们俩抓起来,我要亲自教育他们。"

老张小声地说:"听说有一个是陈局长的小儿子。"

李所长一听,摆摆手道:"算啦,别去抓啦。"

老张茫然地问:"为什么?"

李所长道:"陈局长那么大本事都没把自己的儿子教育好,我一个小小的所长,能把他的儿子教育好吗?"

137. 妙论

兄妹俩都到了爱美的年龄,对衣着特别讲究。但母亲常常只给妹妹买这买那,却忽略了哥哥。次数一多,哥哥便提出了抗议。

母亲有板有眼地回答:"外销的东西当然要特别包装。"

哥哥急了:"没有特别的包装,怎么能引进内需呢?"

138. 文明

儿子在写语文作业,做到解释词语的时候问爸爸:"爸爸,'文明'指什么?"

爸爸想了想说:"'文明',就是当你想知道天气情况时,你不去开窗而是打开电视。"

139. 少了两公斤

妻子站在秤上,高兴地对丈夫说:"快来看,我体重少了两公斤。"

"亲爱的,那是因为你还没有化妆。"丈夫说。

140. 结婚

一个男生在饭后开始高谈阔论:"我要是结婚的话,一定要找一个漂亮的女人,一个会一手烹饪技艺的女人。"

他的朋友回答道:"天哪!那怎么成?那不是犯重婚罪吗?"

141. 据理力争

公路上,一辆货车轧死了一头猪,几位农民拦住了车要司机赔钱。

司机据理力争:"谁让你家的猪往公路上跑,公路上又没有猪圈。"

要钱的那些人争辩道："虽然公路上没有猪圈，但你说猪身上有公路吗？"

142. 不同的回答

四个女孩约定各自去向她们的母亲提一个问题："妈妈，你怎么会爱上爸爸的？"

几天以后，她们各自讲述得到的答案。

女孩甲的母亲是个工人，终日劳碌的母亲提起懒惰的父亲就一肚子气："你妈是瞎了眼时把你爸看上的！"

女孩乙的父亲是个养鱼专业户，母亲的回答是："是你爸拿渔网把你妈网下水去的！"

女孩丙的母亲是文学杂志社编辑，她的回答是："你妈做梦时滑进你爸陷阱里去的！"

女孩丁的父母是发了财的个体户，父亲最近有了外遇。母亲的回答是："你妈财迷心窍时掉到你爸钱眼里去的！"

143. 和好一半

小刘因为一些鸡毛蒜皮的小事和他丈母娘大吵了一架。

一个月过去了，小刘的父母不放心打电话来询问状况："儿子啊，你跟亲家母的关系好点没？"

小刘回答说："和好一半。"

他的父母不明白:"怎么和好一半?"

小刘回答:"我们面和心不和。"

144. 买布

一位年轻漂亮的小姐走进了一家布店。

她问布店老板:"老板,请问这种布的价格多少?"

"小姐,不贵,不贵。"老板看看小姐,不怀好意地说,"一个吻,可买一米布。"

"老板,真的不贵,我要十米布。这是我的地址,请你们送去,由我祖母来付账。"

145. 正面形象

大学里,同宿舍的小张看小李每次洗衣服都只洗前身,不洗后背,于是想问他个究竟。

谁知小李回答:"那是因为别人注重的是正面形象啊!"

146. 半真半假

一天,大老李买了两瓶酒,招待几个知心的朋友。

朋友一喝,问过价钱,对他说:"你这酒,一半真,一半假。"

大老李有些懊丧,又有些庆幸:一半假总比全假的好吧!

朋友笑道:"老兄啊,实话实说,你这酒,价钱是真的,酒是假的！"

147. 酒是啥

几个酒鬼聚在一起，谈论酒是啥。

老大说："酒是老婆，俺一辈子离不开她。"

老二说："酒是俺祖宗，俺见一就拜。"

老三说："酒是汽油，我是车，我这车没有酒就开不动。"

老四摸摸肿胀的脸，说："唉，酒是五指山！每次喝醉回家，老婆就会奖我一座五指山。"

148. 洞察力

一天，法国侦探小说作家西姆农和他的朋友帕尼奥尔沿着一条大道散步。

西姆农忽然吹起口哨，惊叹道："上帝啊，这个女士一定非常漂亮！"

"女士？"帕尼奥尔惊异地问道，"我只看到几个小伙子呀。"

"不，她在我们后面。"西姆农从容答道。

"后面？你怎么能看到后面的东西？"

西姆农微笑着回答说，"当然能！虽然我看不到她，但我能看到迎面走来的那些男人们的眼神。"

149. 宽敞之处

当一艘大型客轮驶离港口好几天后，一位旅客找到船长请求道："船长先生，能为我调换一间船舱吗？我的那间太狭窄了！"

"太狭窄了？可航海时宽敞的地方只有两处……"

旅客问："哪两处？"

船长答道："一处是甲板，另一处是大海。"

150. 聪明女佣

女主人对女佣说："今晚我请客，看看你能做些什么特别的菜来？"

女佣麻利地回答："您到底是想让客人吃了还想来呢，还是再也不想来了？"

151. 捧人有方

小张擅长奉承。

一日请客，客人到齐后，他挨个儿问人家是怎么来的。

第一位说是坐出租车来的。他大拇指一竖："潇洒，潇洒！"

第二位是个领导，说是亲自开车来的。他惊叹道："时髦，时髦！"

第三位显得不好意思，说是骑自行车来的。他拍着人家肩头连声称赞:"廉洁,廉洁!"

第四位没权也没钱,自行车也丢了,说是走着来的。他面露羡慕:"健康,健康!"

第五位见他捧技高超,想难一难他,说是爬着来的。他击掌叫好:"稳当,稳当!"

152. 妙解

正在听收音机的儿子突然问爸爸:"爸,收音机里总说黄金时间播出,什么是黄金时间?"

父亲回答:"黄金时间,就是广告最多的时候!"

153. 禁止钓鱼

一个公园的河堤上,竖着一块木牌子,上面写着"禁止钓鱼"四个大字。

这天,有个年轻人装作没看见,背靠着牌子,坐在那里,悠闲自得地钓起鱼来。

一会儿,一个老管理员走过来,劝他收竿,钓鱼者满不在乎地说:"我没钓鱼,我在让蚯蚓学游泳呢。"

老管理员一听乐了,说:"是吗?那你让我看看蚯蚓。"

年轻人从水里提起钓竿,老管理员擦擦眼睛,对他说:"噢!蚯蚓没穿游泳裤,按照规定,裸体游泳,加倍罚款。"

154. 报复

迈克请女友到饭店吃饭。

吃完饭,迈克从鞋子里抽出钞票,要去结账。

"你怎么把钱藏在鞋子里?"女友看了,惊讶不已。

迈克指着手中的钞票,笑着回答:"这东西过去一直压迫我,所以现在我要压迫它。"

155. 推选女总统

两个美国老妇,正在谈论总统竞选一事。

甲希望能有一位女性当选总统,好为妇女说话、谋福利。

乙认为这不可能。

甲问道:"为什么?"

乙答道:"因为她如果长得不美,男人们不会投她的票;如长得很美,女人们又不会投她的票。"

156. 光棍和无赖

有一个无赖想取笑一个光棍,便问:"老兄,过年你去瞧老丈人了吗?"

光棍说:"去了。"

无赖大惊:"你老丈人都对你说了些什么?"

光棍说:"我老丈人拉着我的手大哭了一场……"

"哭什么？"

"他说：'我没娶媳妇，把你给耽误了……'"

157. 测智商

一位青年看见路边有一台测智商的机器，方法是把脑袋伸进一个玻璃罩，屏幕上就会显示出智商的数字。

一位妇女把头伸进了玻璃罩，屏幕上显示"48"。

那青年觉得很有趣，也把头伸了进去，但屏幕上并没有显示出数字，而是出现了这么一句话："请不要拿石头开玩笑。"

158. 女人搭车

一个女人站在路边，英国司机主动停车，鸣喇叭召唤她上车。

女人招招手，法国司机会马上靠过去。

女人站在路中间，俄罗斯司机不想停也不行。

女人招了手，美国司机会装作没看见，待看清女人美貌后，再把车倒回来。

女人步行向前走，日本司机会赶上来求她搭车。

中国司机从没看见过有女人在路边搭车，如果有男人招手，司机的车会开得更快了。

159. 一堆人

一堆人挤在一起,抢一只橄榄球,他们是美国人;

一堆人挤在一起,说笑着洗澡,他们是日本人;

一堆人挤在一起,大声豪气抽烟喝酒,他们是俄罗斯人;

一堆人挤在一起,互相客气让一个座位,他们是英国人;

一堆人挤在一起,抢着向一位妙龄少女作自我介绍,他们是法国人;

一堆人挤在一起,撕扯着争着付账,他们是中国人。

160. 上帝造人

一天,夫妻俩在聊深刻的哲学问题。

丈夫问:"为什么上帝把女人造得美丽而又愚蠢呢?"

妻子回答说:"道理非常简单。把我们造得美丽,你们才会爱我们;把我们造得愚蠢,我们才会爱你们。"

161. 真正的真理

一个智者指导他的学生说:"下雨的时候,你冲进雨中,高举你的双手,你会发现真理。"

过了几天,学生回来说:"我照您的话做了,雨水把我全身淋得透湿,我感觉自己就像一个傻瓜!"

"正是这样的。"智者说,"这就是真理。"

162. 聊天

甲和乙聊天。

甲说："我十一个月就开始说话了。"

"那算什么！"乙不以为然，"我开口说话比你早得多，但在三岁前，我不说话。"

"为什么？"甲挺有兴趣地问。

乙回答："同那些大人有什么好说的呢？"

163. 合理收费

一位顾客到理发店理发。

顾客问："请问理一次发收多少钱？"

理发师回答说："10元。"

顾客开始抱怨："怎么这样贵！要知道，我是一个近乎秃顶的人。"

理发师回敬道："我当然知道。10元中只有3元是理发的，另外7元是找头发的。"

164. 这个发难理

布朗宁是个脾气古怪的老头，他每次去理发，总是百般挑剔，差不多所有理发师都受过他的埋怨。

一次理发时，他坚持要求理发师将他的头发在中间分开，且要绝对平均。

理发师说:"先生,这办不到,你的头发是单数!"

165. 飞行员的妻子

在苏格兰的一个飞机场上空,一位飞行员正在进行高级特技飞行。他妻子在地面观看表演。

"当你丈夫头朝下飞行时,你不害怕吗?"一个观众问她。

"没有什么可担心的!每次飞行之前,我总是从他衣兜里把零钱掏干净。"

166. 一场决斗

在美国西部一间酒吧间里,有两个人正准备用枪决斗,场地已经准备好了。

这两个人中,一位长得瘦小不显眼,但枪法准,另一位是个大个子,体重二百磅。

"等一下,"大个子突然对小个子说,"你的射击目标比我的大,这不公平。"

小个子很快想出了解决办法,他转身对酒吧间老板说:"在那个家伙身上用粉笔勾出我身体的大小,我若是打在线的外边,就不算数。"

167. 垃圾

阿尔伯特为堆积得越来越多的垃圾而愁眉苦脸,因为纽约的清洁工人已罢工好多天了。他知道如果把这些垃圾扔在街上将会被处以至少20美元的罚款。

一天他终于想出一个摆脱困境的办法,他非常仔细地将垃圾包扎成几个精致的包裹,然后把它们放进汽车的行李箱内。

第二天,这些包裹都不翼而飞了。

168. 转会

"夫人,"公共汽车上一位坐着的绅士,颇有礼貌地向站在他身旁的妇女说道,"请您原谅,本来我应该站起来让您坐,但我前几天刚加入了'静坐俱乐部'。"

"噢,没关系。"那位夫人答道,"不过请您也原谅我一直盯着您看,因为我是'凝视俱乐部'的会员啊!"

在那位"凝视俱乐部"会员锐利的目光注视下,那位"静坐俱乐部"的新手感到很不自在。

终于,他站了起来说:"夫人,您请坐。我已决心脱离'静坐俱乐部'参加你们的'凝视俱乐部'。"

169. 请太太阅兵

从前,有个大元帅,南征北讨,英勇非常,但见了老婆,腿发软,心发慌……叫他干啥,就得干啥。

他实在受不了了,就聚集众将,帮他治治那泼妇。

大元帅身穿戎装,手持大刀,摆齐队伍,摇旗呐喊地杀回家来。

他老婆瞧见,站起身来喝问:"干什么?"

大元帅顿时浑身发抖,忙跪下禀道:"请太太阅兵。"

170. 死因

一位吝啬鬼为了省酒,用很小的酒杯来招待客人。

一位客人恼火了:"我实在不能喝了,因为我老是想起我哥哥。"

"你哥哥怎么啦?"

"有人曾经用很小很小的酒杯招待他,他把杯子连酒一道喝了下去,死了!"

171. 还钱

有两个朋友都喝醉了。

其中一个口齿不清地说道:"现……现在我……我看所有的东西都是双……双层的……"

另一个急忙掏出一张一元的钞票说:"这是我还你的两元钱!"

172. 百发百中

有位虚心的猎手到处寻访名师。

一天,他路过一个村庄,看见一家院墙上画满了圆圈,而且正中都有被子弹打过的弹孔。

他以钦佩的心情找到这位年轻的神枪手,迫切地问道:"请问神枪手,您能否谈谈是怎样练就百发百中好枪法的吗?"

"这容易,先打枪,后画圈呗。"神枪手说。

173. 将计就计

一个女人在饭馆里严厉地责骂她的丈夫。

最后,她尖声叫道:"在世界上所有可耻的人中,你是最卑鄙的一个!"

这时,饭馆里所有的人都吃惊地看着他们。

她丈夫觉察后,马上提高声音说:"骂得太好了,亲爱的!你还对他讲了些什么?"

174. 绝妙的回答

一个英国导游陪同一位外国游客在伦敦游览。

"这是什么建筑?"游客问。

"这就是著名的伦敦塔。"导游回答。

"噢,你们国家建造它共花了多长时间?"

"大约五百年。"

"在我们国家只要五个月就足够了。"游客不以为然地说。

不久,他们来到圣保罗教堂参观。游客惊喜地说,"太妙了!建这座教堂你们花了多少年?"

"大约四十年吧。"导游回答。

"在我国只要四十天就行。"游客轻蔑地说。

就这样,他们在一天中参观了伦敦许多著名的建筑,然而每到一个地方,外国游客总要讲那么几句话。

英国导游非常生气,但又不便发作。

当第二天来到议会大厦参观时,游客又问:"这是什么地方?"

导游耸了耸肩,露出无可奈何的神色回答:"我也不知道,昨天晚上我还没见到这幢建筑呢!"

175. 对象不同

杂技场里,演出正在进行。

一位年轻貌美的女驯兽师把糖含在两唇之间,狮子从她嘴里把糖取走了。

观众群起鼓掌喝彩。

一个青年高声喊叫:"啊,我也能!"

女驯兽师惊奇地问,"你准备怎样做?"

青年笑了："是的,我确定我能做得像狮子一样好。"

176. 妙口生花

在一个大型联欢晚会上,主持人袅袅婷婷地出场了,不料由于舞台地板太滑,她猛地摔了一跤。

她爬起来后尴尬地望着观众席,突然灵机一动,说："观众朋友们,我是为你们而倾倒的。"

177. 女演员

一个女演员正在写回忆录。

这时,一位多年不见的老同事给她打来电话："回忆录写得怎么样了?"

"还好,谢谢。"女演员十分感激。

"哦!顺便问一下,"那个同事接着说,"你现在有没有回忆起你曾经向我借二千块钱?"

178. 警察与罪犯

警察抓到一个正在作案的罪犯。

罪犯立刻为自己辩护："我没有罪。因为我只不过是被人利用的工具而已,而工具是没有罪的。比如说一个人用刀杀死了人,罪过在人而不在刀!"

警察问：“您是说您是被人利用的工具是吗？”

罪犯点头道："是的。"

警察说："那好，请跟我走一趟！"

罪犯争辩起来："为什么？我没有罪！"

警察解释说："您别激动。按照我们的法律，作案工具是要被没收的。"

179. 祈祷

阳光的午后，一个老翁跟他的邻居坐在院子里晒太阳。

老翁说："我每天都祈福。"

邻居回答道："那你可真够虔诚的。"

老翁继续说："我祈福说，我罪恶深重，没有资格进天堂，就让我永远留在这儿好了。"

180. 不当海军

两个法国水兵喝完酒来到大街上，发现马路对面走来一个小男孩，手里牵着一头毛驴。于是他俩便决定跟他开个玩笑。

“喂，”一个水兵对小男孩说，“你哥哥跟你一起散步，脖子上干吗还结着一根绳子？”

小孩答道："为了不让它当海军。"

181. 闹饥荒的原因

肖伯纳身体很瘦。

有一天,他应邀去参加一个宴会。在宴会上,有一位肥头大耳的贵族对大家称赞肖伯纳非常妒忌,就想奚落一下肖伯纳。

他笑着对肖伯纳说:"啊!肖伯纳先生,我一见到你这么消瘦,就知道世界上现在正在闹饥荒。"

肖伯纳听了,立即笑笑说:"是的,先生!可是人们一看到你,谁都能知道现在闹饥荒的原因。"

182. 伪善

约翰打开烟盒,递到他右边的那位邻座人面前。

"谢谢,我不抽烟。"

约翰又转过身去,把烟盒递给左边的那个人。

"我不抽烟,谢谢。"

这时,约翰的妻子低声地提醒他:"你干吗不把烟递给对面的那位先生?"

"哦,不,他可是会抽烟的呀!"

183. 观点相同

穆卡见到好友阿沙问道:"我说阿兄,听说你已经结婚了,有这回事吗?"

阿沙回答:"是的,我已经结婚了。"

穆卡说:"你老兄可真不怎么样,你不是曾经发誓不结婚了吗?"

阿沙耸了耸肩:"是呀!我本不应该结婚。可是事情是这样的:一次我出门碰到一位美丽的姑娘,她也表示坚决不结婚。由于我们两人观点相同,所以我们决定结婚。"

184. 算命

一个人在路边算了命后,拔腿就走。

算命先生说:"你这个人怎么了算了命,不给钱就走了?"

这个人反问道:"难道你没算出来,我现在身无分文吗?"

185. 情况紧急

一旅行者归来,他向人们讲述他在撒哈拉沙漠中的经历。

他说:"有一次外出,在野外我突然遇上了一头狮子,于是我赶忙爬上了一棵高高的橡树……"

"可是要知道,撒哈拉那里根本不长橡树呵!"

那个人回答道:"咳!当时情况那么紧急,谁还考虑这个呢!"

186. 谁长得丑

美国总统林肯长相很丑。

有一天,他正在街上走着,突然从人群中冲出一人,手持手枪,对准了他的鼻子。

林肯大吃一惊,但他故作镇静说:"先生,发生了什么事?"

那人说:"我曾经发过誓,如果我见到比我还丑的人,我就要打死他。"

听他那么一说,林肯放下心来。

他盯着那人的脸看了看,激动地说:"开枪吧,假如我比你更丑的话,那我也不想活了。"

187. 节约

甲乙两人饭后闲聊,甲说:"你花在老婆身上的钱太多了。你怎么给她买那么贵的戒指?"

乙说:"我合计过了,今后她再也不会每星期买一副手套了!"

188. 什么是新闻

有人问一位记者:"什么是新闻?"

记者回答说,"是这样,当一条狗咬了人,还不算是新闻;然而,当一个人咬了一条狗,这便是新闻了。"

189. 大场面

有个著名的大导演和制片人为拍摄一个战争场面产生了争论。

"不管怎么说,"大导演大声地说,"在大平原的左面要配置四千五百个士兵,右面同样也要配置四千五百个士兵,然后用直升机在空中拍摄。"

制片人听了后不满地说:"这样,九千人的工资怎么办?拍电影也不是一天两天就能完事的。"

"大概需要二十天。"

"二十天乘上九千人,要花多少工资?"

大导演想了一会儿,然后笑嘻嘻地说:"这样吧,最后一天给他们真枪实弹!"

190. 回家

纽约人汤姆在巴黎读书。

有一天,汤姆与安德烈争吵,安德烈气极了,愤怒地说:"你再讨厌,我一拳把你打到纽约去。"

汤姆转怒为喜说:"正好,我正愁没路费回家呢。"

191. 有口难开

约翰去警察局报案,说:"昨晚一个盗贼闯进我家,拿走了我的金银首饰,还有几十万现钞,我当时不敢叫喊。"

"为什么?"警长问。

约翰说:"我口里的金牙怎么办?"

192.我马上到

去火车站要经过火葬场和天堂村。

有两个友人相约赶火车,一个打电话给另一个:"我已到天堂,你在哪里?"

另一个说:"我在火葬场。你等等我,我马上到!"

193.过马路

小明问小朱:"有只咖啡杯和玻璃水杯一起过马路,突然有人大声叫:'小心,现在是红灯!'咖啡杯停住了,可是玻璃水杯却被卡车撞得水流如注,请问为什么?"

小朱摇摇头,说不知道。

小明笑道:"因为咖啡杯有'耳朵',而水杯没有。"

194.名列第三

不知为什么,丈夫又惹妻子生气了。

妻子唠叨着:"在这个世界上,让我爱又让我恨的就是你!"

丈夫连忙笑道:"不对吧,我不过名列第三。"

妻子被弄糊涂了:"名列第三?"

"是的,排在我前面的还有镜子和体重秤。"丈夫回答。

195. 梦话

导演罗杰在酣睡中说起了梦话:"亲爱的,我太爱你了,真是爱得死去活来啊……"

说完这些话,他突然醒了,看见妻子正醋意十足地看着自己,罗杰立刻闭上眼睛,翻个身说:"好,就这样说,现在开拍!"

196. 起名儿

韩先生工作闲暇时就查字典,要给即将出世的宝宝起个好名字,同事们七嘴八舌地给他出主意,可韩先生都不太满意。

过了一阵,同事们关心地问韩先生:"宝宝的名字想好了吗?"

韩先生笑呵呵地说:"想好啦! 大名:韩(含)金量;小名:999。"

197. 更有面子

张三是个盲人。

一天,他来到一个烧饼摊前,对摊主说:"喂,老板,来一张烤煳了的烧饼。"

摊主十分不解,问:"你为什么非要糊的?"

张三说:"我不说你也会趁机把糊的给我,我先说出来不是更有面子吗?"

198. 恪守誓言

米哈丢了头骆驼,他发誓说,只要能找回来,就以一块钱的价格卖掉它。

后来,这头骆驼真的找回来了,他非常后悔发了那个誓,但又想做个恪守誓言的人。

于是,米哈就在这头骆驼的脖子上拴了一只猫,牵到市场,高声叫道:"这头骆驼卖一块钱,这只猫卖一千块钱,谁要买就一起买,我决不分开卖!"

199. 几点了

主人家的钟停了,所有人都没有带表,这时候客人问:"现在几点了?"

主人说:"很抱歉,我家的表全坏了,不过您放心,我马上让你知道准确的时间。"

说完,他就坐在钢琴前用力地弹奏起雄壮的《战斗进行曲》。

这时,立刻听到隔壁邻居敲着墙吼道:"别闹啦,现在都深夜一点三十五分了!"

200. 西瓜和葡萄

一个美国游客正在卡拉奇逛市场。

他看见水果摊上的香蕉、苹果、樱桃都很小，便高傲地对导游说："我们美国的水果，个儿比你们大多了，看来你们不懂得栽培，要好好向我们美国学习。"

导游随手从水果摊上抓起一个大西瓜，问美国游客："那么，这种水果你们那里叫什么？"

美国人答道："西瓜。"

导游高傲地说："在我们巴基斯坦，这种水果叫葡萄。"

201. 包子皮厚

包子店里，一个顾客对刚买的包子左看右看。

然后问老板说："老板，你们这附近有钻井队吗？"

老板回答："你问这个干啥？"

顾客说："想钻钻，看包子馅在什么地方？"

202. 清场

小丽每次应男友之约到小树林赴约时，大老远就能听见男友在用他那难听的公鸭嗓子唱歌。

这天，小丽还没走近树林，男友又在唱了，小丽一脸不高兴，跑过去对他说："你这一唱，林子里的人全吓跑了！"

男友乐呵呵地说：“咱要的就是这效果，不然如何清场呢？”

203. 妙计

枯燥冗长的会议是公司办公生活的祸害。

一个软件公司的老板想出了一个好主意，可以使这些会议在陷入僵局时结束它。

有一次，他在会上宣布：“所有反对我计划的人要说‘我辞职’。”

结果会议得以很快结束。

204. 该怎么办

连长：“在这次的全团演习中，我们连射击倒数第一，投弹倒数第一，武装越野跑倒数第一。作为你们的连长，我很生气，后果很严重。你们说，该怎么办？”

全体士兵：“换连长！”

205. 饶舌的小说家

有位说话喜欢拐弯抹角的小说家，一日出其不意地返家，女佣向他打招呼：“你在找你太太吗？先生。”

“是的，”他又画蛇添足地回答，“我在找我最要好的朋友和最苛刻的批评家。”

女佣回答说："你最苛刻的批评家正在床上。而你最要好的朋友刚刚从窗口跳了出去。"

206. 考验意志力

太太数落自己的丈夫道："你的意志力不坚定,你看,王先生戒烟戒酒了!"

丈夫很愤怒："好了,我听够了。我要你看我的意志力。从今天起,我们分房睡。"

他们分房几个星期后的一个晚上,丈夫听见轻微的敲门声。"谁?"丈夫大吼。

他太太和蔼地说："是我,我是来告诉你,王先生又开始吸烟喝酒了。"

207. 买鱼

一个英国人问他的朋友："嗨,你们美国人在生意上怎么这么春风得意? 成功的秘诀是什么?"

"开动脑筋,老家伙,开动脑筋!"美国人接着说:"你该多吃些鱼,给我十美元钱,我给你弄些我妻子常买给我吃的鱼,吃了这些鱼后,你也会赶上来的。"

英国人付了十美元钱,鱼送来了。第二天,他又碰到了那美国人。

"我的鱼怎么样?"美国人问。

"噢,味美极了。可是我在想,十美元买一条鱼,这价是不是太高了?"英国人说道。

美国人说:"你已经在开动脑筋了。"

208. 围魏救赵

在一家时装店,一个等得不耐烦的青年对一个漂亮女孩说: "你介意和我说几句话吗?"

女孩好奇地问:"为什么?"

青年回答说:"我妻子进这个店已经一个多小时了,但她如果看见我和你说话,她会马上出来的……"

没等他说完,他妻子已快步走出时装店,挽着他离开了。

209. 记忆深刻

母女二人去参观女儿男朋友的画展。

母亲发觉有一幅人像画中的裸体女郎相貌酷似女儿,便问道:"你没有光着身子给他作画吧?"

女儿回答说:"啊,没有,他是凭记忆画的。"

210. 减肥有术

体重三百磅的胖子对减肥师说:"我太胖了,找不到女朋友。"减肥师叫他明天早上八时穿戴整齐,在家等候。

胖子第二天准时听到门铃响,开门看见一个穿紧身运动服的漂亮姑娘,笑眯眯对他说:"如果你能追上我,我就属于你。"说罢转身开始慢跑,胖子毫不犹豫,出门就追。

此后姑娘天天来,胖子天天追。

五个月后,胖子体重减了150磅,信心十足,决定第二天加把劲追上她。

第二天胖子照例闻铃开门,门外却是一位300磅的胖姑娘,笑嘻嘻对他说:"如果我能追上你,你就属于我——这是减肥师吩咐的"。

211. 即时翻译

即时翻译是相当困难的事,如果要求译得准确甚至传神,那就更需要炉火纯青的技巧了,特别是中文译成英文,确是一件难事。

小西听过一段精彩的传译,中文是这样的:婚前,她身材玲珑浮凸。

翻译成英文变成:婚前,她身材像个可口可乐的瓶子。

接下来的一句中文是:婚后,她变得像个水桶。

到了英文变成:婚后她身材变得像个可口可乐的铁罐子。

212. 办法

一个妇人在向另一个妇人讨教一些制服丈夫的办法："你是用什么办法把丈夫整夜不归的习惯改过来的?"

另一个妇人很得意地说:"有一天晚上,他很晚才回来,于是我很快喊道:'是约翰吗?'而我丈夫的名字是杰克。"

213. 还治其身

妻子对刚下班的丈夫说:"老公,你听我说吧,我发现了一件事:看来我们必须为女儿买窗帘了,她已经快成年了,晚上脱衣服的时候,对面的那个混蛋总是看她!"

丈夫微笑地回答:"亲爱的,你真是,这又要一笔多余的开支!那好吧,就让我到她房里去脱几次,这样,对面的那个混蛋就得给他的女人买窗帘了!"

214. 匿名情书

一个职员为送不出生日礼物而发愁:"我简直想不出送什么礼物给妻子祝贺她的生日,这礼物既不能太贵,而且又要让她高兴。"

他的朋友给他出主意:"给她写一封匿名的情书!"

215. 辞令

流浪汉敲了敲门,女主人看见他,骂了起来:"你的样子很壮实,本可以在矿场安安生生地挣钱养活自己,用不着要饭。"

"是的,太太。"他回答,"而您长得不错,本应该登台表演,而不是干家务活。"

"等一等,"女主人说,她的双颊泛起红云,"我马上去瞧瞧,看家里有什么东西。"

216. 结婚很久

一对新婚夫妇正要下火车。

新娘对新郎说:"亲爱的,我们做出结婚很久的样子给别人看,好吗?"

新郎答道:"好,那我走前面,你提上衣箱跟在后面。"

217. 辨鸡

一个买鸡的人问卖主:"您是怎样辨别老鸡和雏鸡的呢?"

卖主回答:"其实方法很简单,可以依靠牙……"

问的人觉得很奇怪:"可是鸡并没有牙呀!"

卖主不耐烦地说:"鸡是没有,可人有啊!"

218. 比不上

一个美国旅游者在导游的带领下参观亚洲的某一城市,他边走边发议论,对导游说:

"你们这里的楼房建筑太平淡了,缺乏宏伟高大的气势。这栋房子要是在美国的话,起码要高大十倍。"

导游非常同意地点头道:"您说得对,这是一家精神病院,当然比不上你们的了。"

219. 不放在眼里

一个人气势汹汹地找到了动物商店老板:"你把这么没用的狗卖给我,昨天有贼进我家偷走了两万卢布,它连叫都没叫一声。"

老板解释说:"先生,这条狗以前的主人是个百万富翁。这么点儿钱对它来说是不会放在眼里的。"

220. 以牙还牙

一个姓陈的财主,给儿子请了一位姓庞的教书先生。

那天先生一进门,先客气地打了一声招呼:"东家,我来了!"

财主很不高兴,心里骂道:"什么东家西家的,天下竟有这种狗屁先生!"

次日早起,庞先生来到客厅,财主故意大声说:"龙先生用茶!"

先生忙说:"东家,你弄错了,我姓庞,不姓龙。"

陈财主板着脸说:"昨天你割了我耳朵,今天我剥掉你的皮!"

221. 广告效应

反酒精运动开始了,某企业负责人在墙上贴了一张宣传广告——骷髅手中拿着一大瓶酒——他认为这样触目惊心的广告一定会收到应有的警告效果。

几个月之后,他试着去询问那些酗酒最甚的职工的反应。

"你认为这张广告说明了什么?"他问道。

"意思非常清楚,它叫我们喝!喝!喝到死为止!"

222. 笨鸟

主人请了一位客人来家里吃饭。客人酒足饭饱仍不想告辞。主人终于忍不住了,指着树上的一只鸟对客人说:"最后一道菜这样安排:我砍倒这棵树,抓住这只鸟,再添点酒,现烧现吃,你看怎样?"

客人答道:"只恐怕你没砍到这棵树,鸟早就飞跑了。"

主人回答说:"不,不!那是只呆鸟,不知道什么时候该离开！"

223. 形影相随

一位学者在新婚燕尔之际，仍然手不释卷地读书。妻子愤愤地埋怨道："但愿我也能变成一本书。"

学者疑惑不懈地问："为什么？"

"只有这样，你才会整日整夜地把我捧在手上。"妻子说。

看到新婚妻子满腹怒气，学者说："那可不行——要知道，我每看完一本书就要换新的……"

224. 爱的程度

一对恋人进了一家高级餐馆，坐定后女的拿起菜单看起来，她发现爱吃的菜都在高档栏里，她问道："你到底爱我到什么程度？"

男的也打量着菜单回答："超过咸牛肉，不过还没达到烤龙虾。"

225. 找翻译

半夜，一个老板把自己的女秘书叫来，说："公司在技术上有点问题，我特地找了一位西班牙专家来解决这些问题，可是不巧，专家的翻译病了，你一定要在今晚找到一个西班牙语的翻译。"

女秘书想："这么晚了,到哪里去找会西班牙语的翻译啊!"她想了一会儿,忽然有了主意。

一会儿,女秘书带来了四个女人,她向老板解释说:"这位王小姐,她精通西班牙语和韩语,可不会汉语;这位张小姐精通韩语和日语,可也不懂汉语;这位许小姐精通日语和英语,可不会汉语;这位李小姐精通英语和汉语,让她们接力翻译就行。"

226. 妙语

妻子外出几天,留下一些家务活给丈夫做。

一、二、三、四,写在纸条上,出于开玩笑,又在纸条上加上第五条:多想想你的妻子。

几天后,妻子返家,丈夫向她报告完成家务情况,并递回条子;条子上四条已划了叉叉,只剩下第五条未划。

于是妻子不开心地问:"我一出家门,你就不想我啦?"

"第五条我也照做了,但还没有做完。"丈夫回答。

227. 道歉

法官问阿卡斯德:"您是不是在电话里骂了约翰先生?"

"是的,先生。"阿卡斯德承认说。

"您是愿意去道歉呢,还是去蹲一个月监狱?"法官问。

"我打算去道歉。"

"那好,去打电话道歉。"

阿卡斯德打电话给约翰说道:"您是约翰吗?"

"是的。"

"我是理查德。今天早晨我们激烈争论时,我叫您见鬼去。"

约翰愤怒地说:"是的。"

阿卡斯德停了停说:"那您现在别去了。"

228. 验方

一个心理学教授对会议主持人说:"如果您想让到会的妇女们一下子安静下来,只要向她们提出一个问题:'女士们,你们当中哪个年纪最大?' 会场里马上便会变得鸦雀无声。"

229. 爱的薪水

银幕上正映出热烈求爱的镜头,男明星在表演他的拿手好戏。

美娜轻轻推她的丈夫说:"你从没有这样爱过我,是什么缘故?"

她的丈夫答道:"嘿! 你知道那家伙干这种勾当所拿的薪水有多少吗?"

230. 天衣无缝

一次,一位国际知名的女歌星举办了一场大型演唱会。

当她演唱到第三首曲子的第二段时,突然忘了歌词,但是这位名歌星却不慌不忙,依然做出演唱时忘我的表情,同时嘴唇也一张一闭直到音乐演奏到让她记起歌词时才再出声唱下去。

事后,负责麦克风的工作人员还连连向她道歉:"听说麦克风出故障了,实在很抱歉,我们都惊出了一身冷汗哩……好在没多久又恢复正常了,否则可就麻烦啦!"

231. 应变

在戏院看戏的时候,吕西安·吉特里碰到一位先生,先生坚持邀请他下周的某一天一起共进晚餐。

吉特里只好同意了:"那就下星期四吧。"

"说定了,你真令我高兴。"先生走了。

吉特里本来就不愿到这个人家里去的,因而转身对他秘书说:"这家伙真叫人讨厌,替我写信告诉他,下星期四我没空……"说到这里,他突然瞥见那位先生还在他后面,于是紧接着说:"……因为那天我得跟这位先生共进晚餐。"

232. 张力

两个生物化学家坐在实验室窗前喝咖啡,有个美丽女人在外面走过。

一个年老的生物化学家看到他同事脸上痴迷的神情,说道：
"她也跟我们一样,75% 以上是水。"

同事点头说："是的,可是你看看人家的表面张力！"

233. 免费地图

某加油站为了招揽生意,规定凡买汽油者可免费获赠一张
当地的地图。

一天,有个外地人把车驶进加油站,他买了二十五块钱的汽
油,就伸手要免费地图。

服务员故意做出惊奇的样子说："你要地图做什么？ 凭你
买的那点汽油,你去的地方我指给你看就行了！"

234. 剧本

导演和编剧在讨论一个剧本,导演对编剧说："必须再做一
些修改,我绝对不希望在剧场里听到脏话！"

编剧反驳道："什么脏话？我的剧本里可没有半句脏话！"

导演说："没错,剧本里是没有,可是观众会有！"

235. 丈夫的眼泪

珠宝店里的收银员不解地问一位女顾客："夫人,你的钞票

怎么这么湿？"

这位女顾客解释道："对不起，小姐，因为我先生在给我这笔钱时，哭得太厉害了。"

236. 区别

甲问乙："你知道从二楼跳下去和从二十楼跳下去有什么区别吗？"

乙是音响师，他想了想，说道："区别很多，不过从音响效果上讲，二楼跳下去听到的是'砰！啊——'从二十楼跳下去听到的是'啊——砰'！"

237. 控制不了

一天，一个德国教授要用英语发表演说。

在演说开始前，他谦虚地说："各位女士、各位先生，我的英语说得不好，请大家原谅。我的英语很像我的太太——我爱她，可是控制不了她。"

238. 腰带理论

学生卡姆请一位著名的经济学家给"衰退、萧条、恐慌"这几个专用词汇下定义。

"好的，"专家笑道，"是这样的：经济衰退时，人们需要把腰带束紧；萧条时，人们很难买到腰带；当人们连裤子也穿不起时，恐慌就开始了。"

239. 眯缝眼

小王天生一对眯缝小眼。

有一天，好友小马对他说："小眼睛有一个好处，也有一个坏处。"

小王问："什么好处？"

小马说："好处就是沙子不大容易进去。"

小王又问："那坏处呢？"

小马说："坏处就是沙子一旦进去了，就不大容易弄出来。"

240. 不可得罪

苏教授幽默睿智，这天，他在毕业典礼上谆谆告诫即将毕业的学生们："大家记住，走上社会后，有两种人千万不可得罪！"

学生很感兴趣，问道："哪两种人？"

苏教授答道："一种是小人，一种是君子。"

一个学生又问："得罪了小人会怎样？"

苏教授说："你会惹上一身麻烦！"

又一个学生紧接着问："那么，得罪了君子呢？"

苏教授说："那你就得反省自己是不是小人！"

241. 有何不同

法律系期末考试有这样一道问答题 :"试举例说明法律一词中 '法' 与 '律' 有何不同 ?"

一个女生答 :"当然不同,如果我告诉妈妈我的男朋友是 '律师',她会很高兴 ;如果我说男朋友是 '法师',她一定会把我打死的 !"

242. 踩脚

在商店里,小明不小心踩着了一个外国留学生的脚。

这个留学生刚学汉语不久,一时找不到合适的词,憋了半天才用中文说道 :"你的脚,放在我的脚上,而且还使劲 !"

243. 公转一圈

某电视知识竞赛中,主持人问 :"地球自转一圈是一天,那么公转一圈多少天 ?"

甲抢答道 :"两天。"

主持人说不对,叫乙回答。

乙说 :"一星期。"

主持人断然说道 :"也不对。在我未公布正确答案之前,请台下观众说一下,是多少天 ?"

有个观众举起手来说 :"应该是随便转,没有时间和地点限制。"

主持人感到很新鲜,就问:"此话怎讲?"观众解释道:"你想啊,拿公家钱出去旅游,还不是随便转吗?"

244. 临别赠言

有位太太脾气很坏,但由于她开出的工资高,所以尽管家里的保姆换了一个又一个,还是不断有人愿意上门来做。

有一次,这个太太怀孕了,快生产时又和保姆闹翻,保姆临走时揶揄地对太太说:"希望你生一个又白又胖的男孩子。"

太太问:"你怎么知道一定是男孩?"

保姆回答:"那还用说,没有一个女孩子会和你在一起待九个月的。"

245. 举例说明

上语文课时,老师问学生:"谁能举例说明'比较'这个词的确切意思?"

小敏抢先回答:"一个人的头上只有三根头发是比较少的,一碗汤里有三根头发就比较多了。"

246. 没用过一次

一天,丈夫在妻子面前表功,说:"你不觉得我是一个勤俭的人吗？我从来不花钱买没用的东西。"

妻子听了，一撇嘴，说："算了吧！你六年前买的那个灭火器，直到现在我们也没用过一次哩。"

247. 不公平

史密斯全家外出度假，发给女佣一个月的工资，然后打发她回家休息去了。

过了4周他们回来后，女佣要求加薪，否则就不干了。

史密斯夫人惊呆了，她嚷道："天哪！你刚刚带薪休了一整月的假！你应该觉得自己很幸运。"

"对呀，"女佣答道，"我什么都不干你还给我那么多钱，现在让我做这么多事才拿同样的工资，未免太不公平了。"

248. 最好的证据

一个男孩向他的同伴炫耀："有一次，我爸爸不小心掉进河里，眼看就要淹死了，幸好他急中生智抓住身边游过来的两条小鱼，被这两条小鱼带到了岸上。"

同伴们听了都不信，纷纷要男孩拿出证据来。

"这还要证据？"男孩睁大眼睛，不解地说，"我爸爸至今还好好地活着，这难道不是最好的证据吗？"

249. 我们不交

儿子非要母亲给钱,因为学校规定今天每个学生都要买一份中国地图和一份世界地图。

母亲气呼呼地对儿子说:"你们学校天天让学生买这买那的,还有完没完哪? 去告诉你们老师,我们一家人这辈子哪儿也不去,买地图的钱我们不交。"

250. 心理攻势

一天,外面下着很大的雪,彼得想:天气这样糟糕,汽车销售商一定认为不会有顾客上门,如果前去买车的话,可杀出个"跳楼价"。

果然,彼得进入汽车展厅时,发现自己是唯一一名顾客,于是便信心十足地准备杀价。

他对热情迎上前来的销售商说:"今天天气很不好哇。"

销售商点点头,说:"是呀,小伙子,你肯定想新车想坏了,所以,就连这么糟的天气都跑出来买车!"

251. 礼物

局长夫人收到一个红包,局长回来后一看勃然大怒:"你想想,到底是哪个王八蛋送的?"

夫人摇头道:"这几天来的人多,我怎么记得那么清楚?"

她一面说着一面伸过头去看,原来是一包防腐剂。

252. 换位

王总家里的小保姆总是受女主人的气,小保姆很委屈,于是便趁女主人不在家的时候向王总诉苦。

王总说:"这个黄脸婆确实可恶,你们俩换换位置怎么样?"

"好是好,"小保姆笑着说,"不过我的男朋友做老总恐怕不合适,再说你还得替他种地去!"

253. 男女有别

两位友人在一起谈天说地。

甲说:"一般说来,女人比较精明,男人比较愚蠢。"

乙问:"何以见得?"

甲答道:"你瞧,狐狸精一般说的是女人,而蠢猪则通常用来骂男人!"

254. 个性刷车

两位出租车司机在聊天。

"你为什么要把车一边刷成红色,一边刷成绿色?"其中一位司机问。

"这样的话,当我的车不幸违章肇事时,处于不同位置的证人说出的话将会互相矛盾！"另一位司机得意地说。

255. 赶时间

一个年轻人急匆匆地去赶下午六点钟的火车,在经过一个农场的时候,他想抄近路,于是问一个正在干活的农民:"你好!我必须赶上六点钟的火车,我可以从你的农场中间穿过去吗?"

农民看了看他,说:"可以!你如果碰上我那条狼狗,也许还可以赶上五点十分的那趟列车哩。"

256. 小计谋

在即将到达目的地的客机上,旅客们往往在飞机停稳之前就离开座位而站立起来,这很容易给飞机的安全着陆带来危险。

一次,一位空姐使了个计谋,结果在飞机到达机场停稳之前没有一个旅客离开座位的,她是这么说的:

"女士们,先生们,在客机到达堪萨斯市之前,我们需要进行一次清洁工作。如有哪位旅客志愿协助我们,请在到达机场之前站立起来。"

257. 我爸爸是谁

董事长的儿子因为超速开车,被警察拦了下来。

警察要罚款,董事长的儿子大声嚷嚷:"你知道我爸爸是谁?"

警察苦笑着摇摇头："年轻人,这个我恐怕帮不了你啦,你得回家问你妈去!"

258. 什么快

工头不满地对新工人说："你做事慢,走路慢,脑筋也动得慢。我真不明白,你到底做什么快?"新工人迅速地回答:"我累得快。"

259. 找裁判

新闻记者问农场主："你们这里为什么这么早就开始收割玉米了?"

农场主叹了口气说："实在没有别的办法,上周日我们这里举行了一场轰动全农场的足球赛,可惜我们的球队输了。比赛完以后,裁判便一头钻进玉米地里,到现在还没有出来。"

260. 巧妙应答

有个交通警察在路口执勤,看到一个骑摩托车的老人没戴安全帽,便把他拦下来,说:"老伯,请你过来!"

"干什么?"

"罚款!"

"为什么要罚俺的款?"

"因为你骑摩托车没戴安全帽。"

老伯一听,笑了:"俺为什么要戴安全帽!想当年俺在打'八二三炮战'的时候,没戴钢盔还不是活得好好的?为什么现在骑个摩托,还要叫俺戴安全帽?"

那个警察反应很快,立即答道:"因为炮弹没长眼睛,可我长眼睛了啊!"

261. 聪明的和尚

一天,阿呆到一个名刹古寺游玩,想给一个顶顶要好的朋友求一签。

僧人问他:"请把他的生辰八字报一下。"

"不知道。"

僧人似乎听不懂了,又问:"他姓什么,叫什么?"

"也不知道。"

"那你们交往多长时间了?"

"有两年多了,不过我们没见过面。"

僧人想了想,说:"我知道了,那人是你的网友吧?"

262. 泥水匠部长

泥水匠出身的部长接受记者采访。

记者问:"你觉得当部长和当泥水匠有什么相似之处?"

部长答道:"第一,要有和稀泥的本领;第二,站在高处也不头昏!"

263. 养牛

去年,南坡村的铁柱办了个养鸡场,没想到村干部三天两头过来,不是抓鸡就是拿鸡蛋,结果年底这个养鸡场赔了一大笔钱。

铁柱心想:鸡这东西,抓三只两只没法要钱;鸡蛋也同样,拿十斤八斤也没法要钱。今年干脆把养鸡场改成养牛场,村干部总不能无缘无故牵我一头牛吧?

然而,养牛场开业没几天,村干部又来了。

他拍着铁柱的肩膀说:"有件事真还得求老弟帮帮忙,咱们镇长肾虚,医生建议说最好能吃几条牛鞭……"

264. 真不简单

星期天,有个机关干事在公园里散步,猛地看见局长带着孙子迎面走过来。

情急之下,他赶紧上前,蹲下身来对小孩说:"你看,你看,这么小的年纪就当上局长的孙子了,真不简单!"

265. 两个笨仆人

两个富翁在一起谈论自己的仆人有多么笨。

一个富翁叫来自己的仆人,掏出十块钱,说:"约翰,你拿这十块钱到车行给我买一辆最新款的宝马来,快点啊,我急用。"

约翰答应着,拿起钱走了。

另一个富翁也叫来了自己的仆人:"保罗,你马上回家一趟,去看看我在不在家,然后回来告诉我,要快!跑步去!"

保罗答应一声就跑了出去。

两个仆人在街上相遇了,他们彼此抱怨着自己的老板。

约翰说:"我们老板真是越来越没有智商了,他刚才竟然让我拿十块钱去车行买一辆宝马车来!这是不可能的呀!他难道忘了今天是礼拜天,车行不营业的吗?"

保罗也附和道:"是啊是啊!不过我们老板更傻,他居然让我跑回家看看他在不在家!打个电话回家问一下不就知道了吗?还要让我大老远的跑一趟!"

266. 反击

安妮·兰德斯是美国《太阳时报》的专栏女作家。

在一次大使馆的招待会上,一位相当体面的参议员向她走来,开玩笑说:"你就是作家安妮·兰德斯吧,给我说个笑话吧!"

安妮小姐毫不迟疑地答道:"那好,你是政治家,给我说个谎吧!"

267. 维纳斯和宙斯

爱因斯坦参加一个美国家庭举办的宴会。

女主人想要展示她的博学,便引领科学家来到窗前,指着遥远的星星,说:"这是维纳斯,我认出它来了。因为它总是像美丽的女人一样闪耀着光彩。"

"我很遗憾,"伟大的科学家回答道,"但您所指的那个行星是宙斯。"

"啊,亲爱的教授先生,您真是不一般呀!从那么遥远的距离您都能分辨出星星的性别来……"

268. 勇敢与谨慎

晚饭后,杰克和妻子坐在长沙发上悠闲地交谈着。

"亲爱的,勇敢和谨慎的区别是什么呢?"妻子问。

杰克想了一会,说:"让我举一个例子来说明吧,一个人在饭店用餐后不给侍者任何小费,这就是勇敢。"

"我明白了,那么什么是谨慎呢?"

"第二天换另一家饭店就是谨慎!"

269. 身材很美

一位年轻的太太每天都被一个陌生男子骚扰。

陌生男子常常敲开她的门,很有礼貌地问一个相同的问题:"太太,听说你的身材很美?"年轻的太太每次都赶紧把门关上。

这天,她丈夫刚好在家。

陌生男子说完同样的话以后,她勇敢地反问道:"身材很美又怎么样?"

"如果是这样的话,"陌生男子答道,"请你转告你的先生,要他多多利用你那美丽的身材,请他不要再整天跟在我太太的屁股后面。"

270. 特殊情况

有个女人来找医生,说她丈夫爱说梦话。

医生说:"我可以给您开一方药,让他不再说梦话。"

"不,大夫,"女人立刻表示反对,"您给我开这样一种药,让他把话说得更清楚些。"

271. 催款

这天,老板询问收款员货款的情况。

老板:我让你带大猩猩出去帮你催款,这主意怎么样,有效果吗?

收款员:有好消息也有坏消息。今天收的款比我平时一个星期收的还要多。

老板:那么还有坏消息呢?

收款员:钱还在大猩猩手里,我要不回来了。

272. 机长的告白

航班在起飞之前,乘客们从扩音器里听到了这样的声音:"先生们,女士们,我是你们的机长,欢迎搭乘本次航班。现在我有一个小小的要求,友航班机即将由我们的右侧经过,请各位补满右边靠窗的座位,好让他们以为我们没有受到经济不景气的影响,谢谢您的合作!"

273. 我是灯塔

在一个漆黑的夜晚,船长根据灯光判断出前方有一条船将会与他的船相撞。他发出了一个信号:"把你的航向向东改变十度。"

那个灯光打回信号:"改变你的航向,向西转十度。"

船长愤怒了,发回信号:"我是一名海军上将! 改变你的航向,先生!"

"我是一名水手,"对方的信号回答,"改变你的航向,先生。"

现在,船长更加愤怒了:"我是一艘战舰,我不改变航向!"

信号最后一次回答：“我是一座灯塔，你看着办吧。”

274. 大智若愚

有个人挑着两只大篮子在街上走，每只篮子上停着一只黑色的母鸡，他边走边叫卖道：“卖乌鸦啦！”

大家想：这个人把鸡当乌鸦卖，一定是个呆子。

有一个人问他：“你的乌鸦多少钱一只？”

卖鸦人答道：“每只5元。”

这人想想，5元买只鸡很划算，于是给了他5元钱，就要从篮子上面拿黑母鸡，谁知卖鸦人拦住他，说：“不是那个，乌鸦在这里面！”

他掀开盖着篮子的花布，从里面掏出一只乌鸦，嘲笑地说：“你难道连母鸡与乌鸦都分不清吗？”

275. 随机应变

汤姆在街上闲逛，忽然听到后面有人叫：“谁丢了100美元？”汤姆急忙跑过去，说道：“是我丢的！”

拾钱人问：“你的100美元是什么样的？”

汤姆答道：“一张整的。”

拾钱人说：“可我拾到的是两张面值50美元的！”

汤姆一愣，赶紧辩解说：“没想到这100美元掉在地上摔成两半了!"

276. 天蓬元帅

有一个秀才自以为全乡对对联属他第一,于是,目中无人。

一天,有一个农夫对秀才说,如果能对上他的对子,就承认秀才是全乡第一。秀才当即满口答应。

农夫说:"我出横批和上联,你说下联。这横批是:天蓬元帅。共四个字。上联嘛,也是四个字:居上为师。"

秀才张口就对:"在下是猪。"

277. 因为是猴年

甲:你知道今年的禽流感为什么会这么厉害?

乙:不知道。你说呢?

甲:因为今年是猴年。

乙:这跟猴年有什么关系?

甲:"杀鸡给猴看"嘛!

278. 妙联鞭赃官

大年三十晚,一个贪官,在县衙门上贴了一幅红对联。

上联是:"一心为民两袖清风三思而行四方太平五谷丰登";

下联是:"六欲有节七情有度八面兼顾久(九)居德苑十分廉明"。

横批是："福荫百姓"。

初一早晨,衙门口的人围得水泄不通,还不时有人喝彩："好呀!写得妙极了!"贪官听了得意洋洋。

突然,一衙役匆匆跑来说："老爷,不好啦!不知道是谁在红对联旁又贴了一幅白对联。"

贪官满脸煞白地跑出去一看,只见那上联写着:"十年寒窗九载熬油八进科场七品到手六亲不认";下联写着:"五官不正四蹄不羁三餐饱食二话不说一心捞钱"。横批是:"苦煞百姓"。贪官见状,气得脸色发白,浑身颤抖。

279. 间接作用

有个男人去买助听器,但他不愿意花太多钱。他询问营业员价格,营业员说:"那看你要什么样的了,它们的价格从两元到两千元不等。"

男人说:"把两元的给我看看。"

营业员取出两元的助听器,提示道:"你只需将这个装置塞进耳朵里,再把开关打开就行了。"

男人问:"这管用吗?"

营业员回答:"说实话,这助听器本身没用,但当人们看见你戴着它的时候,他们说话就会大声些!"

280. 作弊

父亲看完儿子的成绩单后,长叹了一声,说:"至少有一点我可以相信——看你这种成绩,就知道你没有作弊。"

儿子闻言,也叹了一声,说:"不是没有作弊,是作弊没有成功。"

281. 互换一下

阿财刚拿到驾照,便驾着借来的老爷车上路过把瘾。一路还算顺利,可是在一个路口车子突然熄火了。眼看红灯转成了绿灯,可车子就是启动不了。一会儿,后面传来阵阵喇叭声,阿财满头大汗,可越急越不行。后面的司机见状,更加拼命按喇叭。

阿财气急败坏地下了车,朝后面那辆车走去。别人都以为一定会发生口角了,却见阿财对车内的人说:"先生,这样好不好,我来帮你按喇叭,你去帮我发动车子,怎么样?"

282. 中奖以后

杰克和露西是对异性朋友,两人经常在一起聊天。

有一天,他们看到电视上报道一个老人中了巨额大奖,露西便问杰克:"你要是中奖了,会告诉我吗?"

杰克说:"不会。"

露西有些不太高兴:"怎么? 怕我追杀你啊?"

"不是,怕你追求我!"

283. 最棒的啤酒

啤酒节结束后,几个啤酒厂的老总决定一起去喝一杯。

几人坐下后,海鸥啤酒厂的老总马上叫道:"伙计,给我来一瓶全世界最棒的啤酒,海鸥啤酒!"

飞鸽啤酒厂的老总也不甘示弱,说:"我要啤酒之王,飞鸽啤酒!"

只有雄鹰啤酒厂的老总不紧不慢地说:"给我来一瓶可乐。"

另外几个老总惊奇地盯着他,说:"为什么不喝你的雄鹰啤酒呢?"

只见这个老总淡淡一笑,说:"哦,你们都不喝酒,我怎么好意思一个人喝呢?"

284. 妙手神探

福尔摩斯不仅探案如神,而且总是无偿帮助穷人。这天,一个衣衫褴褛的人来找福尔摩斯帮忙,可是他刚说明来意,福尔摩斯便拒绝了他。

那人走后,华生很生气:"您从来不拒绝帮助穷人的!"福尔摩斯笑着说:"是啊,可是那人并不穷。"

"您怎么知道？"

只见福尔摩斯迅速拿出一个钱包递给华生，说："他口袋里有 125 镑 12 便士，不信我们数一数……"

285. 不同的脚

小桂子在宫里当太监，负责给皇帝洗脚，皇帝问："你觉得朕的脚和你的脚有什么不同吗？"

小桂子答道："皇上的脚是别人洗的，奴才的脚是自己洗的！"